KOH HIURA
presents

GULDEEN
THE FUTURE WANDER
EPISODE Ⅲ
THE RETURN OF CORONA (←U

starring
CORONA & SHARA
SLIM〈kutisakiotoko〉BRO
YAMATO
GULCHAN

co-starring
TROY VULMAR
ALTAMIRA KHAN
Blusterkid Löwenbrä
VANILLA & FUDGE
JINPACHI "The WINDMIL
GERHARD JINGHU-J

written by
KOH HIURA
character designer
MASAMI YUHKI
mechanical designer
&
illustrator
YUTAKA IZUBUCHI

ゲルハルト〈シークレットブーツ〉神宮寺 */Gerhard Jingbu-ji*

54歳。連邦航空宇宙軍、第八方面隊所属。ヤマト・マーベリック一尉を乗せていた重巡洋艦〈ゆうばり〉艦長。好きな言葉『全艦突撃』。過去に沈めた艦艇は、味方も含めて48隻。〈地球〉と思われる惑星に向けて航海をしている。月を見ると変身する。

風車の甚八 */Jinpachi "The Windmill"*

フレイヤー家領内に住む代々「〈風車の弥七〉を職業とする」風車族の百八代目。「こんなこともあろうかと思って」を生業にしている。風車の一族は〈風車の九太郎〉、〈風車の十兵衛〉…と延々と続く。なお7番の「弥七」は永久欠番。

「こんなこともあろうかと思って」〈ダララッタ〉の塔へコロナ達を導く。

バニラ/*Vanilla*

代々〈神殺し〉を職業としてきた一族の血を引く娘
旧世界のゼネラル・ジェノミック社が作った〈神殺
しの剣〉フランベルジュを持ち、〈破壊神〉を倒す旅
をしている。〈破壊神〉の波動を感じ取ることができ
る…が、肝心の〈破壊神〉がどんな姿なのか知らない
ナイスプロポーション。

ファッジ/*Fudge*

バニラの妹。姉同様〈破壊神〉の波動を感じることができる。…が姉同様、〈破壊神〉の姿を知らない。勝手にいろんな姿を想像している。

いつかは姉のようなプロポーションになりたい、と思っている。

GULDEEN
The Future Wanderer

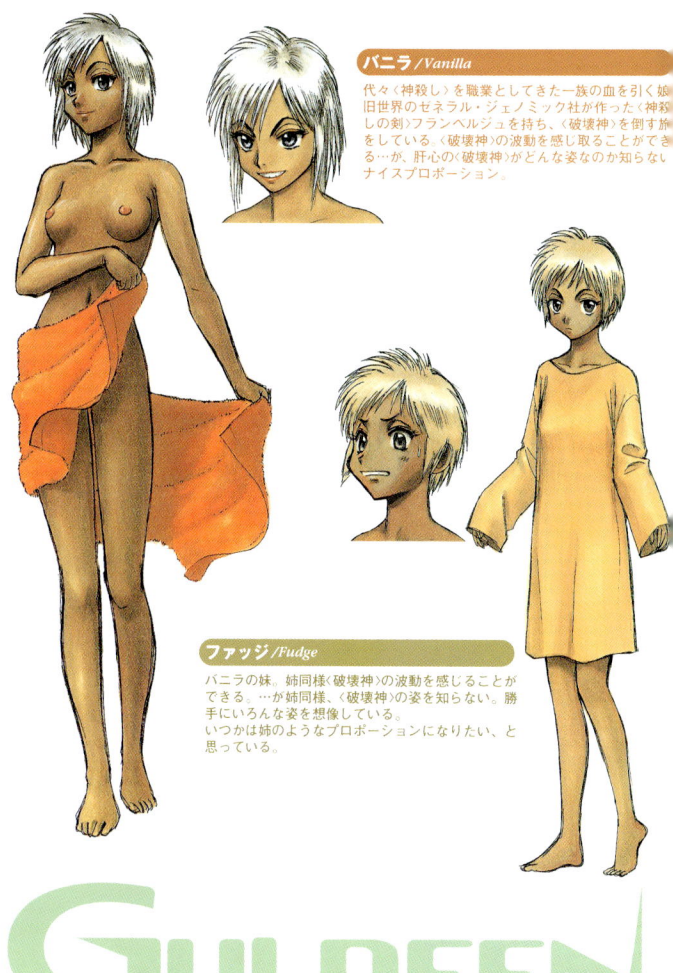

GULDEEN
The Future Wanderer

未来放浪ガルディーン ③

大豪快。

火浦 功

角川文庫 11792

目次

本文・口絵イラスト／口絵彩色／メカニック・デザイン　出渕　裕
口絵イラスト／キャラクター設定　ゆうきまさみ

物語を読む前に

（叛乱軍編）

登場人物紹介

コロナ〈筋肉娘〉フレイヤー
帝国軍によって滅《ほろ》ぼされたフレイヤー公国の姫君《ひめぎみ》。男として育てられたため、女らしさとは無《む》縁《えん》の性格。――巨乳。

シャラ
色っぽい旅の踊《おど》り子。副業《ふくぎょう》として盗《ぬす》みも働く働き者。時々、自分が知ってる筈《はず》のないことを無意識に口走る――実は男。

スリム〈口先男〉ブラウン
別名18金のスリム。金と力はないが、とりたてて色男というわけでもない。――おっちょこちょい。

T－１７８〈ガルディーン〉

旧世界の超文明が作り上げた、歌って踊れてベタも塗《ぬ》れる〈完全兵器〉。地下都市の遺跡《いせき》から、偶然発掘《ぐうぜんはっくつ》された。――性格はお気楽。

ヤマト・マーベリック

連邦航空宇宙軍の一等宙尉《ちゅうい》。ある日、何の脈絡《みゃくらく》もなく、空からおっこちてきた――間が悪い。

登場人物による前説

「ただいまご紹介《しょうかい》にあずかりました、わたくしが、主人公のガルディーンです」

「ちょっと待たんかい！」

「おや。これはコロナさん」

「おやじゃねえ！　てめー、こんなところで何してやがる」

「いや〜、番外編じゃないのは久しぶりなんで、読者の皆《みな》さんに、ちょっと挨拶《あいさつ》でもと思いまして」

「さっすが、ガルちゃん♡」

「気配《きくば》りが行き届いてるねえ。ロボットにしとくのは惜《お》しいぜ」

「〈気配り回路〉が付いてますから」

シャラとスリム。二人の声に応《こた》えて、ガルディーンが胸《むね》を張ってみせる。

すかさずコロナが、

「いらねー回路ばっか付いてやがって」

と、吐《は》き捨《す》てた。

「〈負けるなガルディーン回路〉と〈がんばれガルディーン回路〉も付いてますが?」

そこへ、ヤマトが、ぎくしゃくと歩いてきて、言った。

「や・あ、み・な・さ・ん」

口調《くちょう》が、ぎこちない。

シャラが、けげんな顔をして、言った。

「どしたの?」

「はい?」

「右手と右足が同時に出てたわよ?」

「いや。あんまり久しぶりなもんで、き、緊張《きんちょう》しちゃって」

ヤマトは、間抜《まぬ》けな声で「は・は・は」と笑った。

シャラは、無言《むごん》でスリムを振り返った。

スリムは、肩《かた》をすくめると、声を出さずに、口の形だけで「お約束《やくそく》」と言った。

一方、ガルディーンとコロナの掛《か》け合《あ》いは、まだ続いている。

「これは秘密だったんですが、コロナさんにだけは、特別に教えちゃいましょう。——戦闘中《せんとうちゅう》に、〈負けるなガルディーン回路〉のスイッチを入れると、どうなるかと言いますとですね……」

「そんなもん、知りたかねえ！」

「そうですか……」

ガルディーンは、沈黙《ちんもく》した。

超合金製の巨大なボディが、心なしか小さくなったように見えるのは、目の錯覚《さっかく》だろうか？

もちろん、目の錯覚である。

ガルディーンの辞書に〈懲《こ》りる〉という文字はないからだ。

正確に0・3秒後。

ガルディーンは、袖口《そでぐち》に切り札《エース》を隠《かく》しているイカサマ師みたいな口調で、こう切り出した。

「実は、〈強いぞガルディーン回路〉っていうのもあるんですが？」

「〈黙《だま》れガルディーン回路〉ってのはないのかよ？」

「は・は・は」

台本を棒読《ぼうよ》みするような声で、ヤマトが言った。

「相変わらず辛辣《しんらつ》ですねえ、コロナさん」

「…………」

コロナは、今初めて気づいたみたいな顔で、ヤマトを振《ふ》り返った。（いや、事実、今初めて

気づいたのだが）

ヤマトは、笑顔《えがお》を作って、コロナの次のセリフを待っている。

待っている。

待っている。

まだ、待っている。

表情筋《ひょうじょうきん》が疲労《ひろう》の極《きわ》みに達して、ヤマトの笑顔がひきつり始めた頃《ころ》になって、ようやく、コロナは口を開いた。

コロナは、刀の柄《つか》に手をかけながら、ドスのきいた声で、こう言ったのだ。

「誰《だれ》だ、てめー」

「あ、そうか」

スリムが、ぽんと手を打った。

「本篇《こっち》の方じゃ、俺《おれ》たち、会ったばっかりで、まだそんな知り合いじゃなかったんだ」

「番外篇の時代が、長かったからねえ」

シャラが、しみじみと、それはもう腹の底からしみじみと、言った。

スリム、コロナ、そしてガルディーンの奴《やつ》までが、シャラの横で、うんうんとうなずいている。

なんとなく〈仲間《なかま》外《はず》れな感じ〉だ。

「あ、あのお……?」

ヤマトは、不安げな表情で、三人と一機を見つめた。
急に心細《こころぼそ》くなったらしい。
目が泳《およ》いでいる。(自由形)
ヤマトは思い出した。
植民星生《しょくみんせい》まれのヤマトにとって、所詮《しょせん》、地球《ここ》は〈異郷の地〉なのだ、ということを。

♬兎追《うさぎお》いし、かの山
　小鮒《こぶな》釣りし、かの川

思わず『ふるさと』をハーモニカで吹《ふ》き始めたヤマトを、コロナが蹴《け》り倒《たお》した。

「やめんか、辛気《しんき》くさい」

地べたで平べったくなったヤマトを、少し気《き》の毒《どく》そうに見おろしながら、シャラが小さく首を振《ふ》った。

「ほんっとに間《ま》が悪いわねえ、あんた」

「間の悪いDNA情報を、誰《だれ》かさんから受《う》け継《つ》いでるのかもしんねーな」

スリムが、うなずいた。

「誰かって、誰よ?」

「誰かってのは、誰かさ」

「おい。そんな奴《やつ》は放っておいて、いいかげんに出発しようぜ?」

三人の中で、一番気が短いコロナが、じれたような口調で言った。

シャラも、その意見には賛成だった。

「んじゃ、そろそろ行きましょうか」

「新しい冒険《ぼうけん》の旅へ」

と、スリムが気取ってみせる。

(新しいお笑いの旅へ)

と、シャラが心の中でそっと訂正《ていせい》した。

「いっちょ、ぶわ〜っと行くか。ぶわ〜〜っと!」

うれしげに、ぶわ〜っという手つきをしてるスリムの横を、冷たい顔をしたコロナが、さっさと通り過ぎて行った。

飼《か》い主《ぬし》を追いかける子犬のように、ガルディーンも、あわててその後に続く。子犬にしては図体《ずうたい》がでかすぎる気もしたが。

ぶわ〜っという形のまま固まっていたスリムは、しかし、すぐに立ち直った。

「俺様《おれさま》の活躍を見逃《みのが》すんじゃねーぜ、ベイビー」

「誰に向かって言ってんのよ」

カメラ目線で、妙なポーズをつけているスリムの耳をつかんで、シャラも退場。

そして、誰もいなくなった。

「…………」

地べたに横たわるヤマトの上を、ひゅるる～と風が吹《ふ》き抜《ぬ》けて行く。

「このシーンには、見覚《みおぼ》えがあるよ」

と、ヤマトは呟《つぶや》いた。

あえて体を起こそうともせず、どこか他人事《ひとごと》みたいな口調で、

「前の巻（大暴力。）のエンディングも、ちょうどこんな感じだった……」

そう言って、ヤマトは、静かにため息をついた。

世界が終わるまで、ずっとここに倒れていた方が、幸せかもしれない。

ちらっと、そんな考えがヤマトの脳裏《のうり》を横切った。

――運がよければ、そのうち蟻《あり》が集まって来て、どこかへ運んで行ってくれるかもしれないし……。

ヤマトは、蟻に引きずられて行く自分の姿を想像してみた。

あまり愉快《ゆかい》な光景ではなかった。

ヤマトは、この日、二回目のため息をつくと、のろのろと立ち上がった。

そして、コロナたちが歩み去った方向を遠く眺《なが》めながら、力なく呼びかけてみた。
「おーい……」
デジャブか？
——いや、アンコールさ。
ヤマトは、自分にそう言い聞かせて、ゆっくりと歩き始めた。
新たなる冒険《ぼうけん》だかお笑いだかの旅に向かって。

第一話『戦国無責任時代』につづく

（帝国軍編）

登場人物紹介

ブラスターキッド・レーベンブロイ
さすらいの賞金稼《しょうきんかせ》ぎ。現在は、アルタミラたちと行動を共にしている。——二日酔《ふつかよ》い。
トロイ〈軟弱王〉ヴァルマー
帝国の始祖《しそ》、ジョージ・ヴァルマーの跡取《あとと》り息子。父親の仇《かたき》（コロナ）を討《う》つために国を出た。以来、ずっと出っぱなしである。——弱気。
ベリアル
帝国軍情報部の少佐。いつの日か巨人ロボットになることを運命づけられている（？）悲劇の軍人。——改造度《かいぞうど》17％。
キリー〈陰険王〉レステス
ヴァルマー帝国の宰相《さいしょう》で、実質上の支配者。陰険《いんけん》の国から陰険を広めにきた。その小話《こばなし》は、聞く者の血を凍《こお》らせる。——寝床《ねどこ》。

登場人物による前説

省略《しょうりゃく》。

「おい!」↑アルタミラ

第一話『戦国無責任時代』に多分、つづく

第一話　戦国無責任時代

大轟沈《だいごうちん》

「無限《むげん》に広がる大宇宙……」

エレクトロニクスのバックグラウンド・ノイズ（背景音《はいけいおん》）だけを残して、見事に静まり返った第一艦橋《かんきょう》に、突然《とつぜん》！

重々しい男の声が、いやが上にも重々しく響《ひび》き渡《わた》った。

「——それは、人類に残された、最後の戦場である！」

どど～ん。

＊

（ま～た、艦長《かんちょう》のひとり言が始まった……）

（しかも、セリフを間違《まちが》えてる）

（だけど、それを言うと、すごく怒《おこ》るんだよ）

（この宇宙船《ふね》を、時々、エンタープライズ号って呼んでるし……）

（なんで、エンタープライズなんだ？）

（さあ……？）

（何か個人的な思い入れが、あるらしいんだけど……）

（聞くと、怒《おこ》るんだよ～）

誰《だれ》かが、ため息をついた。

とたんに——

「こらあっ！ そこの奴《やつ》ら！ 何をこそこそ喋《しゃべ》っとるんだ！」

連邦《れんぽう》航空宇宙軍、第八方面隊所属。

重巡洋艦《じゅうじゅんようかん》〈ゆうばり〉。

全長三三七メートル。基準排水量《はいすいりょう》七万二千トン。

量子タービン・エンジンによる二軸《じく》推進で、最大戦速28宇宙ノットを絞《しぼ》り出す。

主兵装は、出力10^{16}ワット級の大口径ＰＢＷ（粒子《りゅうし》ビーム砲《ほう》）を六門。光子魚雷《ぎょらい》発射管を両《りょう》舷《げん》に各二門ずつ。近接防御《ぼうぎょ》用のファランクス対空レーザー群を全艦《ぜんかん》に配備。——後部格納庫《かくのうこ》には、大気圏《たいきけん》への再突入《さいとつにゅう》能力を有する、四機の多目的艦上《かんじょう》戦術偵察機《ていさつき》を搭載《とうさい》している。

今春、本国（植民星《しょくみんせい》）のクレ第一軌道工廠《きどうこうしょう》において艤装《ぎそう》を完了《かんりょう》したばかりの、最新鋭《さいしんえい》打撃巡《ストライク・》洋艦《クルーザー》だ。

そして、その操艦《そうかん》を担当する、スラブ系の当直士官が、あわてて敬礼で応《こた》えた。

「はっ。——いえ。別に。な、なんでもないであります！」

ひそひそ話に加わっていた他の二人も、大急ぎで持ち場に戻《もど》る。

説教が始まると長くなることを、皆《みな》よく知っているからだ。

「まったく。近頃《ちかごろ》の若い連中ときたら、どいつもこいつも……」

短軀猪首《たんくいくび》の艦長《かんちょう》（声、矢島正明《やじままさあき》）は、歯ぎしりするみたいな声で、ぶつくさと呟《つぶや》いた。

おでこに浮《う》かび上がった血管の太さが、ただ者《もん》じゃない証拠《しょうこ》。

ゲルハルト〈シークレットブーツ〉神宮司《じんぐうじ》。五十四歳。——一等宙佐《ちゅうさ》である。

気は短くて力持ち。

彼の人生は、常《つね》に、他人より少ない十センチの身長を、血圧の高さで補《おぎな》うことによって築き上げられてきた。

好きな言葉は『全艦突撃《とつげき》』。

マニュアルを無視した、大胆不敵《だいたんふてき》な戦術を得意とする。

二度の惑星《わくせい》間戦争を経験し、その間に沈《しず》めた艦艇《かんてい》は、味方も含めて四十八。——話半分としても、たいした数だ。

亜光速下《あこうそくか》での作戦行動が長かったため、累積《るいせき》した相対論的効果《ウラシマ》によって妻と死別。——以来、生真面目《きまじめ》に独身を守っている。

余談だが、奥《おく》さんは白い割烹着《かっぽうぎ》とおたまのよく似合う、美しい女性だったそうだ。

生《い》け垣《がき》と瓦屋根《かわらやね》。

縁側《えんがわ》に猫《ねこ》。

典型的《てんけいてき》な日本家屋の玄関《げんかん》先に立ち、格子戸《こうしど》の前でおだやかに微笑《ほほえ》みながら、神宮司を見送る和服美人。

『行ってらっしゃい。あなた』

右手には、もちろんおたま。

出撃《しゅつげき》前に交《か》わした二人の、それが最後の言葉、最後の視線となった。

やがて終戦。

しかし、その間に、地上では四半世紀近い年月が流れ去っていた……。

当時の技術レベルでは、この相対時差の問題を、完全にクリアすることはできなかったからだ。

追憶《ついおく》、終了《しゅうりょう》。

感傷を面《おもて》に出すことを嫌《きら》う神宮司は、口をへの字に結んだまま、正面メイン・スクリーン上に浮《う》かぶ、青く美しい惑星《わくせい》を見つめた。

——地球か……。

神宮司は、別に懐《なつ》かしくも何ともなかった。

〈ゆうばり〉の乗組員は、民間の技術者や報道員の他に、コック、バーテン、板前、床屋《とこや》、売店のおばちゃん、神父、坊主《ぼうず》、拝《おが》み屋《や》といった非戦闘員《ひせんとういん》まで含《ふく》めて、総勢百十四名。——植民《しょくみん》星《せい》生まれの彼らにとって、〈地球〉というこの星の名は、歴史の授業で教わる、知識のひとつでしかない。

「航星日誌、補足《ほそく》」

神宮司は、ミッション・コンピューターへの音声入力チャンネルを開いて、言った。

「宇宙歴、ガッツ元年、1208《ひとふたまるはち》。——その存在が疑問視されていた歴史上の星。〈地球〉と思われる惑星に向けて、本艦《ほんかん》は減速プログラムの最終段階に突入《とつにゅう》した。周回軌道《しゅうかいきどう》へのエントリーは十六時間後を予定。現在、あらゆる周波数帯で交信を試みているが、〈地球〉側からの応答は、まったくない。偵察《ていさつ》任務に飛び立った艦載機《かんさいき》からの連絡も、途絶《とだ》えたままだ……」

神宮司は、一度言葉を切り、少し考えてから、こうつけ加えた。

「我々は、間違《まちが》った惑星《ほし》を選んだのだろうか？」

「その可能性は否定しきれませんね」

声は、やけに上の方から聞こえてきた。

XO（副長）のユンボ・中島《なかじま》である。

とことん好戦的な神宮司と違って、冷静にして沈着《ちんちゃく》。

礼儀《れいぎ》正しく、背も高い。高すぎる。——皆《みな》で集合写真を撮《と》ると、中島だけ、首から上の部分がフレームから切れてしまうほどだ。（やや誇張《こちょう》あり）

中島は、両手に持った紙カップのひとつを、神宮司に手渡《てわた》しながら、言った。

「太古《たいこ》の記録では、〈木星《ジュピター》〉と呼ばれる第5惑星《わくせい》の軌道上《きどうじよう》に、大規模な前進基地が存在していた筈《はず》ですが、この恒星系《こうせいけい》には」

「そんなものは、どこにもなかった」

と、神宮司は、うなずいた。

デザートに苦虫《にがむし》を千匹《せんびき》ほど噛《か》みつぶしたような顔つきで、

「基地どころか、〈木星〉そのものが、ない……。どういうことだ？」

「何らかの事故があったのかもしれません」

「事故？」

神宮司は、いやな顔をした。

惑星が丸ごとひとつ消えてなくなるような事故など、あまり考えたくなかったからだ。

ましてや、今、その空域にいるのは、他の誰《だれ》でもない。彼の艦《ふね》なのだ。

——悪い予感がする。

過去の海戦において、彼の生命《いのち》と、彼の艦を、何度も危地から救ってきた、古い軍艦乗《ふなの》りの本能が、神宮司に、そう告げていた。

神宮司は、中島が運んできた自販機《じはんき》のコーヒーを、まるで毒でもあおるような顔で飲み干すと、言った。

「ミス・メリーアン。——行方不明《ゆくえふめい》の零式艦偵《れいしきかんてい》（艦上偵察機《かんじょうていさつき》）に関して、何か状況《じょうきょう》の変化があれば、報告したまえ」

「依然《いぜん》として、何も」

通信兵（女性）が、肩《かた》ごしに振《ふ》り返って、復命した。

「救難信号《きゅうなん》は？」

「キャッチしていません」

「惑星《わくせい》が影《かげ》になって、届いていないという可能性もありますが……」

と、中島が横からつけ加えた。

「いずれにせよ、もう燃料が尽《つ》きてもおかしくない頃《ころ》です。救援機《きゅうえんき》の準備をした方がいいかもしれません」

「同機との接触《せっしょく》を失って、どれくらいたつ？」

「すでに六時間以上は経過しています」

「そうか……？」

神宮司は、わずかに首を傾《かし》げて、言った。

「どういうわけか知らんが、もっとずっと長い間、艦長席《ここ》にじ〜っと座《すわ》ってたような気がしてしょうがないんだが。——気のせいかな？」

（気のせいである。——筆者註《ちゅう》）

通信兵は、あいまいに微笑《わら》って、即答《そくとう》を避《さ》けた。

神宮司は、何か腑《ふ》に落ちないという顔つきで、しばらく考え込んでいたが、やがて気を取り直して、言った。

「艦偵の搭乗員《とうじょういん》は誰《だれ》だ？」

「マーベリック一尉《いちい》です」

中島が答えた。

「ヤマトか……」

神宮司は、渋《しぶ》い表情でうなずいた。

神宮司に言わせれば、ヤマトもまた『近頃の若い連中』の一人だからである。

実戦経験がなく、今回の任務も、完全に物見遊山《ものみゆさん》のつもりでいる。

十日ほど前のこと。——初めて〈地球〉が見えてきた時の騒《さわ》ぎを、神宮司は、苦々しく思い出していた。

コンピューターで画像補正され、メイン・スクリーン上に投影《とうえい》された青く美しい星を一目見ようと、艦内《かんない》の人間が一人残らずこの第一艦橋《かんきょう》に集まってきたのだ。

神宮司はＣＩＣ（戦闘《せんとう》情報室）に用があって、席を外《はず》していた。

それをいいことに、誰かがビールを配《くば》った。

神宮司が戻《もど》ってみると、全員が見事に酔《よ》っぱらいの集団と化していた。

『お〜、あれが〈地球〉か〜』

『何もかも、みな懐《なつ》かしい（しみじみ）』

『しみじみと嘘《うそ》をつくなよ』

『歴史の時間に、写真で見せられたのと、陸地の形が違《ちが》うような気がする』

『ひょっとして、ニセ物じゃないのか？』

『じゃあ本物はどこにあるんだ？』

『金庫に入れて隠《かく》してある。悪い宇宙人に盗《ぬす》まれるといけないから』

『あれは看板です、とか言って（笑）』

『彼女に、おみやげ買って帰るって約束したんだけど、何がいいかな？』

『そりゃー、お前、東京タワーの置物だろう。盾《たて》に〈努力〉って書いてあるやつ』

『おーい、誰《だれ》か酒保《しゅほ》へ行って、ビールもう一ケース持ってこい』

『メイン・スクリーンにカラオケつなごう』

『カラオケはいいですけど、アニソンだけはやめてくださいね。恥《は》ずかしいですから』

『一曲目。真《ま》っ赤《か》なスカーフ』

『やめろ〜。頼《たの》むからやめてくれ〜』

『しかし、こんなに騒《さわ》いで大丈夫《だいじょうぶ》かな？　艦長《かんちょう》が見たら何て言うか……』

『だいじょーぶ。今夜は、〈地球〉を再発見した記念すべき夜なんだ。神宮司の旦那《だんな》も、大目に見てくれるって』

……もちろん。

神宮司は大目に見なかった。

全員、朝まで廊下《ろうか》に正座。

さらに悪質と思われる者には、罰《ばつ》当番として、一週間の便所掃除《そうじ》を命じた。

アニソンを歌った連中である。

その中にヤマトが含《ふく》まれていたことは言うまでもないだろう。

――見捨《みす》てて帰ってやろうか。

神宮司は、一瞬《いっしゅん》、本気でそう考えた。

乗組員は百十四人もいるんだ。一人ぐらい減っても、どうってことはない。そうじゃないか？

「救援機《きゅうえんき》の発艦《はっかん》準備。OKです」

格納庫《ハンガーベイ》と連絡《れんらく》を取っていた中島が、受話器を置いて、報告した。

その時。

「へい、お待ち～」

何の前触《まえぶ》れもなく、ラーメン屋が出前を持ってやって来た。

白い上《うわ》っ張《ぱ》りに、店名入りの前掛《まえか》け姿。

店の名は、何の工夫《くふう》もない『ゆうばり屋』。

見た目はどう見ても街のラーメン屋だが、実は士官食堂のチーフ（糧食《りょうしょく》班長）、源《みなもとの》〈楽勝〉正宗《まさむね》である。

下がり眉《まゆ》のせいか、いつも笑っているように見える。

口癖《くちぐせ》は、当然『楽勝』。

士官候補生時代に、神宮司が、さんざん世話になった人物だ。

今は、当時と違《ちが》って、すっかり髪《かみ》の毛も白くなってしまったが、性格の方は（困ったことに）ちっとも変わっていない。

「何度言ったらわかる？」

今にも、こめかみから血が『ぴゅ〜〜っ』と噴《ふ》き出しそうな顔で、神宮司は、正宗に詰《つ》め寄った。

「自転車で艦橋《ブリッジ》に入って来るんじゃない！」

「いや〜、すまんすまん」

片手を頭の後ろにやりながら、妙《みょう》に胸を張って、正宗は謝《あやま》った。本気で『すまん』と思ってるのかどうかは、非常に疑わしい。

広い〈ゆうばり〉艦内《かんない》を移動するためには、自転車が最適なのである。

神宮司は、思った。

――乗組員《クルー》は百十四人もいる。二、人ぐらい減っても……。

「誰《だれ》か何か注文したか？」

中島が、ブリッジを見回して、訊《たず》ねた。

返事はない。

正宗が、喉《のど》を反《そ》らして「ひゃっひゃっひゃっひゃ」と笑った。実に楽しそうだ。

「そうじゃないよ、中ちゃん」

「な、中ちゃん？」

「実はな、こーゆーもんを作ってみたんで、ひとつ味見をしてもらおうかと思ってな。うん」

そう言って、正宗が岡持《おかもち》から取り出したのは、ラーメン丼《どんぶり》に堆《うずたか》く盛《も》られた、ニンニクの山だった。

（ニンニクだな）

（ああ、ニンニクだ）

（しかし、なぜニンニク？）

さざ波のように、囁《ささや》き声がブリッジ全体に広がっていく。

神宮司は、そっけなく言った。

「新メニューの開発なら、他所《よそ》でやってくれ。今は取り込み中だ」

「それじゃ間に合わないんだよ。――ほら、もうすぐ月が出る」

「月？」

正宗の指摘《してき》を受けて、神宮司は、メイン・スクリーンを振《ふ》り仰《あお》いだ。

漆黒《しっこく》の宇宙空間をバックに、青く輝《かがや》く〈地球〉の影《かげ》から、巨大《きょだい》な銀盤《ぎんばん》が顔を覗《のぞ》かせようとしていた。——〈地球〉が有するただひとつの衛星、〈月〉である。〈ゆうばり〉が取るコースの関係で、今までは常《つね》に主星の裏側に位置していたのだ。

正宗は、得意げに言った。

「知らねーのか？　〈地球〉の言い伝えを。——人間の中にゃ、医学的に、月を見るってーと、とたんに狼《おおかみ》に変身する奴《やつ》が、必ず何人かは含《ふく》まれてるんだよ。うちの星（植民星《しょくみんせい》）にゃ月はなかったから、誰《だれ》も変身しなかったけど、ここのクルーの中に、そーゆー特異体質の奴がいないとは限らねーだろ？」

「それで、ニンニクか？」

「特製のニンニクラーメンだ。——これさえ食っとけば、万が一、狼男《おおかみおとこ》が襲《おそ》ってきても楽勝ってもんよ」

神宮司は、軽いめまいを感じた。

ニンニクに弱いのは吸血鬼《きゅうけつき》で、狼男じゃない！

思い切り怒鳴《どな》り散らしたい気分。

しかし、その気分は、次の瞬間《しゅんかん》、ブリッジに鳴り響《ひび》いた、けたたましい警報によって台無しにされた。

「月面上で、エネルギー反応！　急速に増大中!!」

レーダー迎撃《げいげき》士官が、鋭《するど》い叫《さけ》び声をあげた。

「何者かが本艦《ほんかん》に照準を合わせています！」

「か、艦長《かんちょう》っ!!」

「あわてるな！」

こういう事態になると、俄然《がぜん》、神宮司という男は燃える。

ここが〈地球〉であろうがなかろうが、神宮司には、もはやどうでもよかった。ただひとつ確かなのは、ここもまた戦場だということ。――それだけで、神宮司には十分だったのだ。

神宮司は、叫んだ。

「操舵手《そうだしゅ》！　機関全速、緊急回避《きんきゅうかいひ》！　防御《ぼうぎょ》シールド最大出力!!」

「艦長？」

「やかましいぞ、中島副長」

神宮司は、どこか異次元の方を睨《にら》んで、見得を切った。

「神宮司は、戦う男である！　そして、このエンタープライズ号は、戦う男の艦《ふね》である！――総員、戦闘配備《せんとうはいび》！　全砲門《ほうもん》、開けえ！　宜候《ようそろ》～っ!!」

目つきが尋常《じんじょう》ではない。

完全に『行っちゃってる』という目つきだ。

しかし、それ以上に『行っちゃってる』のは、神宮司自身——特に、その外見だった。

神宮司は、あきらかに人間じゃない生物へと、変貌《へんぼう》をとげつつあったのだ。

「艦長《かんちょう》!!」

たまりかねたように、中島が大声を出した。普段《ふだん》、冷静な中島には、珍《めずら》しいことだ。

神宮司は、じろりと中島を見て、言った。

「何だ、さっきから?」

「あー、実は……」

「心配するな。——こんなことぐらいで、どうにかなる神宮司ではない」

「いや、もうすでにどうにかなっちゃってるんですけど……?」

遠慮《えんりよ》がちな中島の声は、しかし、神宮司の耳には届かなかった。

神宮司は、艦長席で仁王立《におうだ》ちになると、メイン・スクリーン上に拡大投影《とうえい》された、まん丸い月を見つめながら、言った。

「大シルチス海戦を思い出すなあ、おい。——あれも、恒星《こうせい》系内での遭遇《そうぐう》戦だった。重力場の影響《えいきょう》でワープが使えない空域だ。敵の奇襲《きしゅう》を受けて、我が軍は一瞬《いっしゅん》で艦隊《かんたい》の60%を失ったが、あの時も、俺《おれ》たちの艦《ふね》は生きて帰った。そうだろう?」

「はあ……」

中島は、仕方なくうなずいた。

仮にも上官の姿形や外見について意見具申《ぐしん》を行うのは、副官としての分を外《はず》れる行為《こうい》であるような気がしたからだ。

しかし。

「PBW（粒子《りゅうし》ビーム砲《ほう》）、一番から六番まで、全砲塔《ほうとう》スタンバイOKです！」

兵装システム士官が、次の指示を求めて、艦長席を振《ふ》り返った。

その直後にブリッジを覆《おお》った沈黙《ちんもく》を、何と表現すればいいのだろう？

異様な雰囲気《ふんいき》に気づいて、その場にいたクルー全員の視線が、神宮司に集まった。

空気が凍《こお》りつき、時間が止まった。

「ひいいいいいぃぃ……」

誰《だれ》かが、楳図《うめず》かずお風の悲鳴をあげた。

おそらく、通信兵だろう。

その声で呪縛《じゅばく》を解かれたように、兵装システム士官が、叫《さけ》んだ。

「かっ、艦長が……。いっ、犬になった～っ!!」

「犬じゃないっ。狼《おおかみ》だ！」

ブリッジは、混乱の極《きわ》みに達した。

正体不明の敵から攻撃《こうげき》を受けている最中に、艦長そのものが正体不明になってしまったのだ。

む!

「♪犬の～、おまわりさん」

ひとりだけ、動揺《どうよう》してない男もいた。

正宗である。

正宗は、のん気に鼻唄《はなうた》を歌いながら、神宮司に近づいて来ると、相手の目をまっすぐに見つめて、言った。

「お手」

次の瞬間《しゅんかん》。

「第一波、来ます！」

凄《すさ》まじい衝撃《しょうげき》が〈ゆうばり〉を叩《たた》きのめし、瞬時《しゅんじ》にブリッジの全機能が失われた。

メイン・スクリーンもブラックアウト。

かろうじて生き残っていたバックアップ・システムが稼働《かどう》し、電力が戻《もど》って来る。

艦の被害状況《ひがいじょうきょう》を示すステータス・ボードは、そのほとんどのインジケーターが赤く点滅《てんめつ》していた。

こうなると、艦長が犬だろうが狼《おおかみ》だろうがアメンボだろうが、あまり関係はない。

「機関出力、17％にダウン！」

「シールドを維持《いじ》できません！」

「第三、第四装甲板大破!!」

「艦首《かんしゅ》、魚雷《ぎょらい》発射管室で火災！　有毒ガスも発生しています！」

「くそっ。たった一撃《いちげき》で。――何という威力《いりょく》だ！」

「艦長《かんちょう》。悪いニュースです」

戦術コンピューターの端末《たんまつ》と向かい合っていた中島が、青い顔をして、振《ふ》り返った。

「今のは、直撃弾《ちょくげきだん》ではありません……。ビームは、わずかに本艦《ほんかん》をかすめただけのようです」

「確かか？」

メタモルフォーゼを終え、今や、すっかり一匹《いっぴき》の人狼《じんろう》と化した神宮司が、後ろ脚《あし》で首のあたりを掻《か》きながら、言った。まるで、大きな犬のぬいぐるみが軍服を着てるような姿だ。声は、やや不明瞭《ふめいりょう》だったが、聞き取れないというほどではない。

中島は、うなずいて、

「はい。――敵の火力は、我々の想像を絶するレベルにあります」

「ぐるるるる……」

神宮司（狼）は、犬歯をむき出しにして、うなった。

あきらかに形勢は不利。いや、不利なんて言葉は、もっと有利な時に使うものだ。

〈ゆうばり〉は、沈《しず》む！

神宮司の決断は速かった。

「使用可能な全《すべ》てのエネルギーを主砲《しゅほう》に回せ！　最後の攻撃《こうげき》を行う！」

「し、しかし、それでは艦《ふね》の推力が……」

「構わん。防御《ぼうぎょ》シールドも切っちまえ」

「そんな無茶《むちゃ》な……！」

「中島。——貴様《きさま》は俺《おれ》に代わって、退艦《たいかん》の指揮《しき》をとれ」

「いえ！　自分は、ここに残ります」

「上官の命令が聞けないのか？　時間がないんだ。急げ！」

神宮司の気迫《きはく》に押《お》され、中島も、それ以上の抗弁《こうべん》はできなかった。

無言で敬礼を交《か》わすと、中島はブリッジから駆《か》け出して行った。

「諸君も、各々の仕事が終わり次第《しだい》、すみやかに退艦するように！」

ブリッジに残っているクルーたちに、そう命じると、神宮司は、なぜかまだそこに突《つ》っ立っている正宗を振り返って、言った。

「あんたは何やってるんだ？　さっさと救命艇《エスケープ・ポッド》に乗れよ！」

「お、お手は？」

「誰か、この爺《じじ》いを今すぐここからつまみ出せ！」

「おい、こら。年寄りは、もっと敬わんか」

四人の警備兵に、問答無用で担《かつ》ぎ上げられた正宗は、手足をばたばたさせながら、運ばれて行った。

神宮司は、かすかにため息をもらすと、気を取り直して、矢継《やつ》ぎ早《ばや》に命令を発した。

「ミス・メリーアン。艦隊《かんたい》司令部宛《あて》に緊急通信筒《きんきゅうつうしんとう》を射出！」

「射出しました！」

「よし。艦内《かんない》に残る航法データを全《すべ》て破棄《はき》しろ。母星《ほんごく》の位置を知られる危険性がある」

「航法データを破棄します！」

モニター上に『デリート・コンプリート（消去完了《かんりょう》）』のシグナルが点滅《てんめつ》する。

「航法データ。破棄しました！」

「月面上のエネルギーが、再び増大中！　第二波が来ます！」

――相討《あいう》ちか……？

神宮司の眼光が鋭《するど》さを増す。

望むところだ！

神宮司は、兵装システム士官に最後の命令を与《あた》えた。

「敵の座標《ざひょう》データを主砲《しゅほう》に入力」

「入力！――いつでも発射できます！」

「撃《て》～っ!!」

主砲斉射の震動《しんどう》はブリッジまで届いた。

同時に、全ての電力がダウン。

〈ゆうばり〉の中枢《ちゆうすう》は、永久にその機能を失った。

そして、神宮司の艦長《かんちょう》としての職務もまた、この時に終わりを告げた。

〈ゆうばり〉の攻撃《こうげき》が、どの程度、敵にダメージを与えたのか？

また与えなかったのか？

それを確認するための手段は、神宮司には、もはや残されていなかったからだ。

ましてや、その一撃《いちげき》が、五十万キロ以上も離《はな》れた〈地球〉の裏側で、のん気に歩いていた誰かさんを『がちょーん！』と叫《さけ》ばせる結果になろうとは、思いもよらないことであった。

電池式の赤い非常灯だけが、わずかに灯《とも》るブリッジに、中島が、息を切らしながら駆《か》け込《こ》んで来て、言った。

「艦長！　早く救命艇《エスケープ・ポッド》に！」

「馬鹿者《ばかもの》！　なんで戻って来た」

「戻って来るなという命令は、受けていませんから」

中島は、真面目《まじめ》な顔で答えた。

その後ろから、また別の声が聞こえた。

「伝説じゃ、狼男《おおかみおとこ》は不死身だと言われてるが、そこまで不死身じゃねーぞ？」

からかうような口調《くちょう》は（言うまでもなく）正宗のものだった。

神宮司は、怒《おこ》った顔よりも百倍恐《おそ》ろしいという評判の微笑《びしょう》を浮《う》かべると、言った。

「試《ため》してみるか？」

月面から放たれた巨大《きょだい》なエネルギーの奔流《ほんりゅう》が〈ゆうばり〉を捉《とら》えたのは、その直後のことである。

＊

連邦《れんぽう》航空宇宙軍、第八方面隊所属。

重巡洋艦《じゅうじゅんようかん》〈ゆうばり〉。

〈地球〉沖《おき》にて、あっさり轟沈《ごうちん》！

時間内に、安全な距離《きょり》まで脱出《だっしゅつ》できた救命艇《エスケープ・ポッド》は、皆無《かいむ》であったという。

後《のち》に艦隊《かんたい》司令部は、この調査結果を受けて、戦死者の数を公式に百十四名と発表したが、もちろん、その数字は間違っていた。

＊

「あ……。大きな流れ星！」

夕闇《ゆうやみ》の迫《せま》る茜色《あかねいろ》の空を見上げて、トロイが、のんびりした声で言った。

〈パンタグリュエル〉の艦橋《かんきょう》最上部から空中へ、左右に大きく張り出したキャットウォーク。

トロイは、ここからの眺《なが》めが好きだった。

眼下に広がる第二装甲《そうこう》デッキには、VLS（垂直発射システム）ミサイルの射出扉《ハッチ》が、規則正しく並んでいる。

鋭《するど》いタービンノイズが大気を震《ふる》わせ、二機の〈ポイゾン〉が、空域警戒《けいかい》のために、飛行甲板《かんぱん》から飛び立って行った。

幼い頃《ころ》、誰《だれ》かに聞かされた言い伝えを、トロイは、ふと思い出した。

——流れ星が消えるまでに願い事を唱《とな》えることができたら、その願いはきっと叶《かな》う。

トロイは、目を閉じて、呟《つぶや》いた。

「世界が平和でありますように」

目を開けると、流れ星は、消えるどころか、ますます大きくなっていた。

「か、か、かに道楽の看板ぐらいある蟹《かに》を、ひとりで思う存分、むさぼり食ってみたい！」

——えーと。他に何か願い事は……。

「レ、レーベンブロイさん？」

トロイは、目をぱちくりさせながら、後ろを振《ふ》り返った。

「蟹だよ、蟹。あれぐらいでかい蟹だと、蟹ミソもさぞや一杯《いっぱい》つまってるだろうなあ」

うれしげに、蟹、蟹と繰《く》り返すレーベンブロイ。

肩《かた》に担《かつ》いだ長尺のパワーブラスター（違法改造）の先端《せんたん》には、例によって、信楽焼《しがらきやき》の一升徳利《いっしょうどっくり》がぶら下がっている。

いつものスタイルだ。

トロイは、言った。

「あのー、かに道楽の看板って何ですか？」

「やれやれ。これだから、温室育ちのお坊《ぼ》っちゃんは……」

困ったもんだという風に、レーベンブロイは、首を振《ふ》った。

「すみません」

「まあ、いいさ。人間、誰《だれ》しも欠点はある。——俺《おれ》は別だけどな」

申し訳なさそうな顔で、うつむいているトロイの肩《かた》を、ぽんと叩《たた》いて、レーベンブロイは、言った。

「それより、これも、将来『名君』と呼ばれるための社会勉強だ。——今度、どこかの都市《まち》に入港したら、俺が連れてってやるよ。かに道楽」

「ほ、ほんとですか？」

と、トロイは、目を輝《かがや》かせた。

「ああ。約束だ」

レーベンブロイは、胸を張って言った。

「そのかわり、アルタミラにゃ内緒《ないしょ》だぞ？　だいたい、あの姐《ねえ》ちゃんは、過保護すぎるん……」

「わ、わたしが、どうかしたか？」

冷《ひ》ややかな声。それと同時に、レーベンブロイは、首筋に何か冷たい物が触《ふ》れるのを感じた。

砂漠《さばく》に雪が降《ふ》るはずはない。

レーベンブロイは、眼球だけを動かして相手の姿を認め、そして、笑った。

「やあ」

「やあじゃない！」

剣の切っ先を、レーベンブロイの頸動脈《けいどうみゃく》にぴたりと押《お》し当てたまま、アルタミラは、にこりともせずに、言った。

「殿下に妙《みょう》なことを吹《ふ》き込《こ》むのはやめろ、と言っておいたはずだが？」

「ちょ、ちょっと待て」

「言い訳は、あの世でするんだな」

アルタミラの眸《ひとみ》に、殺気が漲《みなぎ》った。

「あっ、落ちる！」

突然《とつぜん》、トロイが奇声《きせい》を発した。

闇《やみ》に沈《しず》む地平線の彼方《かなた》に、ぽっと明るく、小さな光が閃《ひらめ》くのが見えた。

音は届かない。

「かなり遠いな」

手のひらを目の上にかざしながら、レーベンブロイが言った。

「普通《ふつう》は、大気圏《たいきけん》で燃え尽《つ》きちまうもんなんだが……。そーとー根性のある、、、流れ星だったらしい」

「そうやって話を逸《そ》らそうとしても、無駄《むだ》だ」

「話？　ああ、そうか。蟹《かに》の……」

「蟹の話ではない！」

アルタミラが、激昂《げっこう》して叫《さけ》んだ。

その時。

「蟹ですか？」

お呼びでない、い、い声が聞こえてきた。

——また、わけのわからん奴《やつ》が……。

アルタミラは、頭を抱《かか》えた。

艦橋《かんきょう》のキャットウォークに姿を現したのは、レーベンブロイにとっては、初めて見る顔の男だった。

男の後ろには、銃《じゅう》を構えた衛兵が二人。——いずれも、気まずそうな表情で突《つ》っ立っている。

アルタミラは、まずその二人に向かって、

「なぜこんな所に連れて来た？　営倉に放り込んでおけと言っただろう？」

「はあ、それが……」

と、衛兵は顔を見合わせた。

「士官待遇《たいぐう》がどうとか……」

「ジュネーブ条約がこうとか……」

「しまいには、アルタミラ様に会わせないと、靴下を脱ぐぞって脅《おど》かすもんですから……」

「靴下《くつした》？」

アルタミラは、思わず寄り目になった。

めったに見られない、アルタミラのお間抜《まぬ》け顔だ。

男は、自ら一歩前に進み出て、言った。

「指揮官《しきかん》との面会を要求したのは自分です。――あなた方は、どうも何か誤解なさっているようなので、お互《たが》いに少し話し合う必要があるのではないかと……」

「誰《だれ》なんだ、こいつ？」

レーベンブロイが、横から言った。

男は、ここぞとばかりに、背筋をぴんと伸《の》ばして答えた。

「自分は、連邦《れんぽう》航空宇宙軍、第二〇五飛行隊所属。ヤマト・マーベリック一等宙尉《ちゅうい》であります！　認識番号は2236067BM《ブラボー・マイク》。もちろん、蟹は大好物であります！」

アルタミラが、冷たく言った。

へっ?
U.S.S.F
YAMATO

「つまみ出せ」

＊

「一人で地上をうろついているところを拘束《こうそく》した。——貴様《きさま》が、酔っぱらって寝《ね》てる間のことだ」

そう言いながら、アルタミラは横目でレーベンブロイを軽く睨《にら》んだ。

レーベンブロイは、素知《そし》らぬ顔をして、

「しかし、連邦《れんぽう》航空宇宙軍とは、聞いたことのねえ名前だな」

場所は、〈パンタグリュエル〉の特設取調室。

マジックミラーの向こう側では、衛兵にお茶を注《つ》いでもらいながら、ヤマトがカツ丼をぱくついている。取調室の定番メニューである。残念ながら、メニューに『蟹《かに》』は含《ふく》まれていない。

——しかし、いつの間に、こんな部屋《へや》を作ったんだ？

首をひねっているレーベンブロイの背中に、アルタミラが、

「奴《やつ》は、星から来たんだそうだ」

「星？」

レーベンブロイは、妙《みょう》な顔をして振《ふ》り返った。

「星って、空でぴかぴか光ってる、あの星かい？」

アルタミラは、無言でうなずいた。

ヤマトの供述をそのまま信じれば……。

『かつて、地上の文明が頂点を極《きわ》めていた時代に、何隻《なんせき》かの巨大《きょだい》な植民船《しょくみんせん》が、別の星系を目指《めざ》して地球を離《はな》れた。

彼らが何を目的として、そうしたのか。

今となっては不明である。

無事に目的地に着いた船もあれば、そうじゃない船もあった。

記録は残っていない。

その後、文明の崩壊《ほうかい》に伴《ともな》う混乱と暗黒の時代の中で、彼らの存在は次第《しだい》に忘れられていき、彼らもまた地球を忘れた。

宇宙は、決して人類の生存に適した場所ではない。

生き残るため。

ただ生き残るためだけの努力が、何世代にも亘《わた》って続けられた。

その結果、やがて彼らは、異星の地に、地球《オリジナル》をも凌駕《りょうが》するような、高度な文明社会を築き上げるに至ったのだ。

そして……』

「彼らの子孫の一人が、あれというわけだ」

アルタミラは、マジックミラーの向こう側を指差した。

あれ呼ばわりされた子孫の一人は、ちょうど、トンカツの衣《ころも》を喉《のど》に詰《つ》まらせて、目を白黒させているところだった。

——サザエさんか、こいつは？

レーベンブロイは、軽く首を振《ふ》って、言った。

「途方《とほう》もねえホラ話だな」

「この〈パンタグリュエル〉よりも巨大《きよだい》な、〈ゆうばり〉とかいう艦《ふね》で、星々の間に横たわる虚無《きよむ》の空間を越《こ》えて来たとか、ぬかしおった」

アルタミラは、憮然《ぶぜん》としている。

彼らの艦の方が、はるかに高性能だとほのめかされたようで、気に入らないのだ。

たしかに、〈パンタグリュエル〉は帝国《ていこく》でも最大最強の軍艦《ぐんかん》のひとつだが、夏でも雪が残っているような高い山脈を越えて翔《と》ぶことはできない。迂回《うかい》するしかないのだ。そして、星は、どうやら、その山よりも（ほんの少し）高いところにあるらしい。

「で？」

と、レーベンブロイが、言った。

「あいつを、どうするつもりだ？」

「スパイに対する処遇《しよぐう》は、どこの軍でも、ひとつに決まっておるよ」

　アルタミラは、あっさり答えた。

「スパイ？　あんな間抜《まぬ》けが？」

「奴を拘束《こうそく》した場所の近くで、偶然《ぐうぜん》、兵士が見つけた物だ」

　アルタミラが、そう言って取り出してきたのは、人の右腕《みぎうで》を象《かたど》った金属の塊《かたまり》だった。肘《ひじ》から先の部分だけで、指は『ぐー』の形に握《にぎ》られている。

　ひと昔前の騎士《きし》が、手を保護するために使っていたガントレット（鉄籠手《てつごて》）のようにも見えるが、それは外見だけで、内部には複雑なメカニズムが、ぎっしり詰まっているようだった。

　レーベンブロイは、その作り物の右腕に向かって、何となく『ちょき』を出し、そして、叫《さけ》んだ。

「うわ〜、負けた〜」

　アルタミラは、ものも言わずにレーベンブロイの頭をぶっ飛ばした。

　ぶっ飛ばした後で、気がついた。

　自分が何を手に持っていたのか、ということに。

　アルタミラは、床《ゆか》に倒《たお》れて頭から血をどくどく流しているレーベンブロイと、手の中でずっしりと重い、金属製の右腕とを見比べて、言った。

「あ……」

「あ、じゃねぇだろう！」

レーベンブロイは、顔を血だらけにしながら起き上がってきて、アルタミラの手から、右腕《みぎうで》を引ったくった。——かなり痛かったらしい。

「人の頭だと思って、気軽にぽんぽん殴《なぐ》りやがって……」

ぶつくさ言いながら、レーベンブロイは、問題の右腕を調べ始めた。

切断面に見えているのは、小型のロケットモーターだ。噴射《ふんしゃ》ノズルには燃焼痕《ねんしょうこん》が残されており、鼻を近づけると、まだ焦《こ》げくさい臭《にお》いがした。どうやら、この腕自体が、ある種の武器になっているらしい。

レーベンブロイは、眉毛《まゆげ》を片一方、わずかに動かした。

——あまり賢《かしこ》い武器とは言えねーな。一発撃《う》って、その後はどうする？

隠《かく》されたスイッチを押《お》すと、缶切《かんき》り、ワイン・オープナー、ハサミ、ドライバー、大小のナイフ、爪《つめ》ヤスリ、ピンセットなどが、がしゃがしゃ脈絡《みゃくらく》もなく飛び出して来た。

「なるほど。こいつは便利だ」

レーベンブロイは、アルタミラを振《ふ》り返ると、笑いを含《ふく》んだ声で、言った。

「こーゆーのを持った奴《やつ》を一人そばに置いとけば、いつでも好きな時に、缶詰《かんづめ》を開けてもらえる」

＊

その頃《ころ》のベリアル。（↑お見舞《みま》いにもらった『桃缶《ももかん》』を、陸軍病院のベッドの上で、真剣《しんけん》になって開けている）

　ふと顔を上げて、

「ん？」

「どうした、少佐《しょうさ》」

「はっ。いえ……」

　ベリアルは、言葉を濁《にご》した。

　――誰《だれ》かに呼ばれたような気がしたんだが……？

「それより、どうだ？　新しい右腕の具合は？」

「はっ。おかげさまで。――この通り」

　きれいに蓋《ふた》を開けた桃缶を、ベリアルは得意げに差し出してみせた。

　受け取ったのは、もちろん、〈陰険王《いんけんおう》〉キリーである。

　キリーは、桃を一切れつまむと、口に放り込んで、目を細めた。

「うまい」

「恐《おそ》れ入ります」

「今度のやつは、誘導《ゆうどう》装置を組み込んでおいたから、的を外《はず》しても安心じゃ」

　桃缶に、横から手を伸《の》ばしながら、J・R・トロルキン博士が、言った。

「ついでに、射程距離《しやていきより》も伸《の》ばしておいたから、半径四キロの円を描《えが》いて、自動的に元の場所に戻《もど》って来る。——試《ため》してみたまえ」

「今、ここで、ですか？」

「砂漠《さばく》の真《ま》ん中《なか》で試して、また失《な》くされたら、かなわんからな」

トロルキンは、ちくりと皮肉を言った。

ベリアルに、返す言葉はなかった。

病室の、窓の外に向けて発射されたロケット・アーム（その2）は、半径四キロの円軌道《きどう》に沿って正確に飛行を続け、陸軍病院の反対側の壁《かべ》とドアをぶち抜《ぬ》き、ベリアルの後頭部を直撃《ちよくげき》して……、止まった。

「威力《いりよく》は十分じゃな」

気絶したベリアルを見おろしながら、もっともらしい口調《くちよう》で、トロルキンは呟《つぶや》いた。

「ただ、回収方法に関しては、もう少し改良の余地があるようじゃ」

＊

「くだらん！」

アルタミラは、吐《は》き捨《す》てるように、言った。

「いかにもキリーめの考えそうなことだ。——わたしは、缶詰《かんづめ》を開けるのに、人の手など借り

ん！」（力説）

「キリー？　陰険王《いんけんおう》のキリーか？」

「それの手のひらを見てみろ」

　レーベンブロイは、アルタミラの言うままに、金属製の指を開いてみた。

　関節は、案外簡単に動いた。

　手のひらの部分に、何か書いてある。

『ベリアル少佐《しょうさ》専用。

　この腕《うで》を拾った方は、帝国軍《ていこくぐん》情報部までご連絡《れんらく》ください。――薄謝進呈《はくしゃしんてい》』

「薄謝……？」

　レーベンブロイは、何か考え込む表情になった。

　しばらくして、レーベンブロイは、『薄謝ん大魔王《だいまおう》』という駄洒落《だじゃれ》を思いついたが、口には出さなかった。

　アルタミラが、後ろで、恐《こわ》い目をして睨《にら》んでいたからだ。

　不機嫌《ふきげん》の塊《かたまり》みたいな顔で、アルタミラは言った。

「情報部のアンダーカバー・チームが、下の砂漠で活動中らしいという報告があった。ベリアル直属の工作員どもだ。連中が何を探してるか、わかるな？」

「じゃあ、あのヤマトとかいう奴《やつ》も？」

「そう考えるのが自然だろう」

「ふ〜ん」

レーベンブロイは、顎《あご》の無精《ぶしょう》ヒゲを撫《な》でながら、ふと思いついたように、

「なあ、薄謝《はくしゃ》って何だと思う？」

「知らん」

「ビール券かな？」

「知らんと言っておる！」

アルタミラは、語気を荒《あら》げた。

レーベンブロイは、マジックミラー越《ご》しにヤマトを一瞥《いちべつ》して、言った。

「まあ、何にせよ、そんな物《もん》のために、ご苦労なこった」

一方、食事を終えたヤマトは、何事かしきりと衛兵に話しかけていた。

アルタミラが、スピーカーのスイッチを入れると、声が聞こえてきた。

『――じゃないって何度言ったら、わかるのかなあ。これは事故なんだってば。もともと、今回のミッションには、地上に降りる計画なんてなかったんだから。もうすぐ、〈ゆうばり〉から救援機が飛んで来る。そしたら、喜んでこの星から出て行くよ。君たちの邪魔《じゃま》にならないように。さっさとね』

身振《みぶ》り手振《てぶ》りも交《まじ》えて、なかなかの熱弁だったが、二人の衛兵は、もちろん眉《まゆ》ひとつ動かさ

なかった。

　アルタミラから、よほどきつく言われたのだろう。

　ヤマトは、ため息をついて、

『いいかい？　もう一回だけ言う。――ぼくは、この星の人間じゃない。だから、君たちの戦争には関係がない。だから、こんな風に扱《あつか》われる理由がない。わかるだろう？』

『……』

『ああ、そう』

　ヤマトは、投げやりにうなずいた。

　テーブルに頬杖《ほおづえ》をつくと、ぶつぶつ、ひとり言を言い始めた。

『猿《さる》の惑星《わくせい》に不時着したチャールトン・ヘストンの気持ちがよくわかるよ。――傾《かたむ》いた自由の女神《めがみ》が砂浜にっ！　なんと、ここは地球だったのかっ！　その隣《となり》には、傾いた奈良の大仏がっ！　あああっ、ここは本当に地球なのかっ⁉――あ。茶柱《ちゃばしら》が立ってら』

　最後のひと言は、湯飲《ゆの》み茶碗《ぢゃわん》の中を覗《のぞ》き込《こ》んでの発言である。

　レーベンブロイは、あきれたような顔つきで、アルタミラを振り返った。

「あいつは、ひとりで何を喋《しゃべ》ってるんだ？」

「寝言《ねごと》だろ」

　アルタミラは、あまり興味がないらしかった。

——どうせ銃殺が決まっている人間の言うことだ。

そこへ、当直の秘書官が、足早に近づいて来て、言った。

「地上に展開中の機動偵察班《スカウト・トルーパー》から、緊急電《きんきゅう》です」

アルタミラは、手渡《てわた》された紙片に素早《すばや》く目を通すと、ただちに〈パンタグリュエル〉の増速を命じた。

艦内《かんない》に警報が鳴り、それが終わるのと同時に、レーベンブロイは、Gの変化を身体《からだ》に感じた。

巨艦《きょかん》〈パンタグリュエル〉が加速を開始したのだ。

レーベンブロイは、椅子《いす》の背もたれに、のんびりと体重をあずけながら、言った。

「どうした？　急ぎの用でもできたかい？」

「やつらだ」

凄《すご》みのある微笑《びしょう》を浮《う》かべたアルタミラの手の中で、紙片が握《にぎ》りつぶされる微《かす》かな音がした。

「とうとう追いついたぞ。コロナ・フレイヤー！」

大脱力《だいだつりょく》

遥《はる》かなる砂の波濤《はとう》。

大小さまざまの砂丘が、海を渡《わた》るうねりのように、どこまでも広がっている。

人間が、いかにちっぽけな存在か……。

ここに立つと、誰《だれ》もがそう実感せざるをえない。

人を哲学者《てつがくしゃ》に変える。

砂漠《さばく》とは、そういう場所だ。

暮色《ぼしょく》に沈《しず》む荒涼《こうりょう》たる大自然を前にして、スリムは、しみじみと呟《つぶや》いた。

「この砂が、全部めし粒《つぶ》だったら、おにぎりがいくつできるかなあ……？」

「ば〜か」

と、ひと言。——シャラの答えは、いつも実に明解だ。

のんびり爪《つめ》のお手入れか何かしながら、

「くだんないこと言ってないで、あんたも、少しは手伝って来たら？」

「手伝うったって……」

と、あたりを見回すスリムの顔には、途方《とほう》にくれたような表情が浮《う》かんでいる。

二人の周囲には、戦闘《せんとう》不能になったアルタミラ配下の帝国軍装甲騎兵《ていこくぐんそうこうきへい》が、河岸《かし》の冷凍《れいとう》マグロみたいに、ごろごろ転がっていた。

〈塩の湖〉に向かう旅の途中《とちゅう》で、立ち往生《おうじょう》していたスリムたちを、運悪く見つけてしまった、機動偵察班《スカウト・トルーパー》のなれの果てだ。

スリムは、言った。

「手伝うようなことなんか、な〜んにも残ってねえじゃねーか」

「うおおおりゃ〜っっ!!」（ちゅど〜ん！）

どこからか、あまり穏《おだ》やかとは言えない雄叫《おたけ》びと、全然穏やかじゃない爆裂音《ばくれつおん》とが聞こえてくる。

いったい、そこで何が行われているのか？

思いっきり人を不安にさせる類《たぐい》の、剣呑《けんのん》な物音だ。

——ぅおおおりゃ〜はわかるけど、ちゅど〜んはちょっとわかんねーな。

スリムは、首をひねった。

「どぉりゃあああぁ〜っっ!!」（がらがっしゃ〜ん！）

「ちぎっては投げ、ちぎっては投げ……」

きれいにマニキュアした指先に、ふうっと息を吹《ふ》きかけながら、シャラが言った。

「あのエネルギーを、発電か何かに有効利用できないもんかしらね」

「ほんとなら今頃《いまごろ》は、〈塩の湖〉に着いて、シャワーのひとつも浴《あ》びて、可愛《かわい》いおねーちゃんのいる店で、冷たいビールか何かきゅ〜っと飲《や》って、ぱ〜っと盛り上がってるはずなのにな〜」

「しょーがないじゃん。——車とガルちゃんがあれだもん」

と、シャラが親指を立ててみせた方向には、ぺちゃんこに押《お》し潰《つぶ》された四輪駆動車《よんりんくどうしゃ》が、まだかすかに白煙《はくえん》を立ち昇《のぼ》らせている。

そして、その傍《かたわ》らには、いったい何が起こったのか、コロナの乗機ガルディーンが、仰向《あおむ》けにひっくり返っていた。

ちょうど、新橋《しんばし》あたりの路上で、だらしなく酔《よ》いつぶれている、サラリーマンみたいな恰好《かっこう》だ。

スリムが、ふと気づいて、言った。

「なんか急に静かになったと思わないか？」

「終わったんじゃない？」

「なまんだぶ、なまんだぶ」

スリムは、思わず手を合わせた。

待つほどもなく、コロナが引きあげて来る。

右手には、抜き身《ぬみ》の大刀ムラマサ。

「ご苦労さん」

と、シャラがお愛想《あいそ》を言った。

「残りは逃《に》げた」

と、コロナはうなずいた。

大きく払《はら》いをかけた刀が、ちゃりんという涼《すず》しげな鍔音《つばおと》と共に、鞘《さや》に収まる。

いつもながら、見事な太刀《たち》捌《さば》きだ。

「でも、やつら、すぐに戻《もど》って来るぜ？　徽章《きしょう》を見ただろう？　あれは偵察部隊《ていさつぶたい》のだ」

「だから？」

「今頃《いまごろ》は、本隊がこっちに向かってるってことさ」

スリムが、珍《めず》しくまともなことを喋《しゃべ》っている。

その横顔を、シャラは、珍種《ちんしゅ》の昆虫《こんちゅう》でも観察するような目つきで眺《なが》めながら、

「まあ、どっちにしても、長居はしない方が無難よね。――ただ、問題は……」

「そう。問題は……」

シャラ、スリム、そしてコロナ。

三人の視線は、自然とガルディーンに集まった。

夕暮れの砂丘に横たわる、全長一七メートルの巨体《きょたい》。

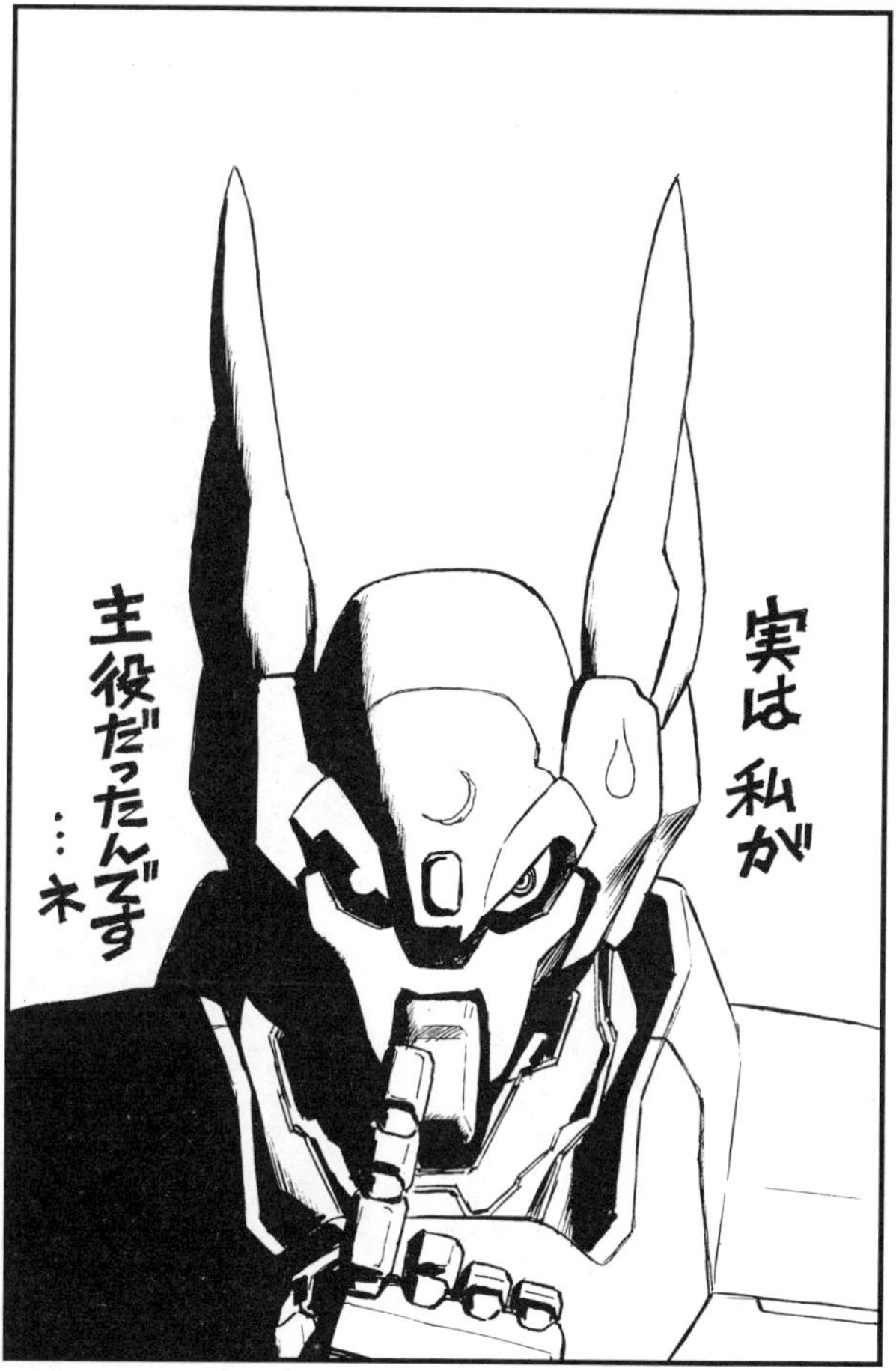
実は私が
主役だったんです……ネ

「自称〈完全兵器〉、ガルディーン」

「〈塩の湖〉に至る砂漠《さばく》のど真《ま》ん中《なか》で、立ちくらみを起こす」

「この大バカ野郎《やろう》！」

最後のひと言は、もちろんコロナのものだ。

「立ちくらみはともかく、倒《たお》れた場所がまずかったわよねえ」

見るも無惨《むざん》にぶっ壊《こわ》れた車を振《ふ》り返りながら、シャラがため息をついた。

＊

時は、少し遡《さかのぼ》る。

それまでは、調子よく『東海道《とうかいどう》は日本晴れっすね、コロナさん』か何か言っていたガルディーンが、何の前触《まえぶ》れもなく、突然《とつぜん》バランスを失って、車の進路上に倒れて来たのである。

ガルディーンは叫《さけ》んだ。

『しぇーっ！』

車に乗っていたシャラたちも叫んだ。

「しぇーっ！」

結果。

一瞬《いっしゅん》で車は全損《おしゃか》。

シャラたちは、砂の上に投げ出された。

『す、すいません。ちょっとめまいが……』

ガルディーンは、機械《マシン》にあるまじき非常識なセリフを口走りながら、あわてて立ち上がろうとして、さらに悪い結果を招いた。

ご丁寧《ていねい》にも、一度踏《ふ》んづけた車の上に、また手をついてしまったのだ。

爆発《ばくはつ》。

そして、炎上《えんじょう》。

食糧《しょくりょう》を始め、水や電気釜《でんきがま》など、砂漠《さばく》を越《こ》えるために必要な装備《そうび》は、ひとつ残らず灰になった。

『がちょーん……！』

と、ひとこと言い残して、ガルディーンは気を失った。

「機械のくせに、気を失うとは何事だ〜っっ！」

コロナが、顔を真《ま》っ赤《か》にして怒鳴《どな》ったが、あまり効果はなかった。

コクピット内の全《すべ》ての戦術系ヴァーチャル・デヴァイスがダウン。

システムの灯《あか》りも消え、ガルディーンは、まるで誰《だれ》かにスイッチを切られたかのように、完全に沈黙《ちんもく》してしまったのだ。

＊

「以来、ずっと沈黙しっぱなし」

「CPUが、熱暴走でも起こしたのかしらねえ？」

「自分が兵器だっていう自覚が足りねーから、こーゆーことになるんだ！」（きっぱり）

試合に負けたのは根性が足りなかったせいだと主張する、高校野球の熱血監督《かんとく》みたいな口調《くちょう》で、コロナが断言した。

機械に根性を求めるのも、そーとー無理のある話だと思うのだが、さすがは体育会系の姫君《プリンセス》。コロナは、そんなこと、ちっとも気にしていなかった。

「ガス欠って感じじゃなかったし～」

と、首をひねっているシャラに向かって、スリムがうなずいて、

「うん。空から巨大なカナダライが落ちて来て、頭を直撃《ちょくげき》したみたいな倒《たお》れ方だったよな」

「何なの、そのわけのわからない喩《たと》えは？」

「いや。ひょっとしたら、さっきのでっかい流れ星と、何か関係があるのかなあと思ってさ……」

……」

風が吹《ふ》いたら桶屋《おけや》が儲《もう》かる。

実はこの時、スリムは、限りなく真実に近づいていたのだが、宇宙での出来事と、ガルディーンの立ちくらみとの間に、どんなつながりがあるのか。納得《なっとく》のいく答えを思いつくことは、ついにできなかった。

そもそも、世界は平らで、海の端《はじ》っこは滝《たき》になって流れ落ちていると教えられて育ってきた、この時代の大多数の人間には、地球の外という言葉が持つイメージ自体、想像力の範疇《はんちゅう》を超《こ》えるものなのだから、仕方のないことなのかもしれない。

シャラは、小さく肩《かた》をすくめて、

「まあ、たしかに、普通《ふつう》じゃなかったわね、あの流れ星。──黒部峡谷《くろべきょうこく》に落ちてなきゃいいんだけど……」

「黒部峡谷？」

「昔の話よ……」

シャラは、ふっと笑って遠い目をしてみせた。

スリムは、シャラの背景《バック》に一瞬《いっしゅん》、金色《こんじき》に輝《かがや》く三つ首の竜が見えたような気がしたが、もちろん、それは何かの間違《まちが》いだろう。

スリムは、あやふやな顔つきのまま、ガルディーンに視線を戻《もど》すと、あやふやな口調で、言った。

「とりあえず、蹴飛《けと》ばしてみるか？」

「蹴飛ばすって、あんた。──中古の洗濯機じゃあるまいし、蹴飛ばしゃ直るってもんでもないっしょ？」

そう言って苦笑するシャラの後ろを、コロナが何気なく横切って行った。

──いったい、どこへ？

シャラとスリム、二人が無言で注目するなか、コロナはガルディーンに近づくと、その小山のような巨体《きょたい》を無造作《むぞうさ》に蹴飛《けと》ばした。

「起きろ〜〜っ!!」

コロナの声が、広い砂漠《さばく》の空に吸い込まれるように消えていく。

やがて、静寂《せいじゃく》。

シャラは、スリムを振《ふ》り返ると、こう言った。

「ごめん。あ、あたしが間違ってた」

そして、砂の上にむっくりと半身を起こしたガルディーンに短い視線を送って、ため息と共に次のセリフを吐《は》き出した。

「やっぱ、中古の洗濯機《せんたくき》レベルだったわ」

「いや。もっと悪いかもしんねーぜ？」

「え？」

「様子《ようす》が変だ」

ガルディーンの頭部《ヘッド》センサーが異常な点滅《てんめつ》をしていた。切れかけの蛍光灯《けいこうとう》みたいな、不規則なリズムだ。

首が奇妙《きみょう》な形にねじれ、右肩《みぎかた》の連装重突撃砲《れんそうじゅうとつげきほう》も、存在しない敵に照準《しょうじゅん》を合わせて、でたらめに角度を変え続けている。

『けけけけけけっ』

ガルディーンは突然《とつぜん》おかしな笑い声をあげると、自分の頭を殴《なぐ》りつけた。

かと思えば、いきなり正座して、米つぶに小さな文字で、なぜか年賀状を書き始めてみたり……。

『あけましておめでとうございます。うふふふふ』

行動にまったく脈絡《みゃくらく》がない。

スリムたちは、思わず三歩後《あと》ずさった。

「ご、誤作動《ごさどう》……？」

「コロナ。あんたが力まかせに蹴ったりするから……」

「ばっ、馬鹿《ばか》を言え。おれは、そんな……」

「見ろ！」

スリムが指差す先で、ガルディーンにまた新たな異変が起こっていた。

背中のウェポンシステム・クーラーが、昆虫《こんちゅう》の翅《はね》のように大きく展開し、暗赤色に輝《かがや》いている。

その上……。

「浮いてるぞ、あいつ」

コロナが、茫然《ぼうぜん》と呟《つぶや》いた。

ガルディーン・フェーズ4〈宇宙戦形態〉。

大気圏外《たいきけんがい》での戦闘《せんとう》機動を想定したフォルムへとフルコンバートした、それは、コロナたちが初めて見るガルディーンの姿だった。

フェーズ1の〈重陸戦形態〉から、一足飛びにフェーズ4へ。

ガルディーンは、いかなる種類の戦場にも適応《てきおう》する能力を秘めている。（そうは見えなかったかもしれないが）

そして、今。

この地上で。

最も適した兵装戦闘システムとして、ガルディーンの戦術コンピューターは、〈宇宙戦形態〉を選択《せんたく》したのである。

つまり、ガルディーンは、目の前の砂漠を、宇宙空間だと勘違いしているのだ。

しかし、いったいなぜ？

答えは、ひとつしかない。

何者かに、大気圏外で攻撃《こうげき》を受けたと、戦術コンピューターが誤認したからだ。

ここで、思い出してほしい。

地球の遥《はる》か上空で、神宮司《じんぐうじ》が〈ゆうばり〉に下した最後の命令を……。

（敵の座標《ざひょう》データを主砲《しゅほう》に入力）

（入力！　——いつでも発射できます！）

（撃《て》～っ!!）

（艦長《かんちょう》！　早く救命艇《エスケープ・ポッド》に！）

（伝説じゃ、狼男《おおかみおとこ》は不死身《ふじみ》だと言われてるが、そこまで不死身じゃねーぞ?）


スリムのいうカナダライ。

ガルディーンが立ちくらみを起こす遠因《えんいん》となったもの。

それは、轟沈《ごうちん》の直前に〈ゆうばり〉から放たれたＰＢＷ（粒子《りゅうし》ビーム砲）だったのである。

ラッキョの皮をむくように、少しずつ、その正体が明らかになっていく、〈完全兵器〉ガルディーン。


もちろん、依然《いぜん》として謎《なぞ》は残る。

謎は残るが……。

三人まとめてキツネにつままれたような顔をして立ちすくむコロナたちに、そんなことを詮《せん》索《さく》している時間は、どうやらなさそうだった。

なぜならば……。

ゆら〜り。と、その時。

ガルディーンがコロナたちを振り返ったからである。

『誰《だれ》が……（雑音）……中古の洗濯機《せんたくき》……（雑音）……だと……（雑音）？』

あきらかな、からみ口調《くちよう》。

それは、いつもの脳天気《のうてんき》なガルディーンの声ではなかった。

どこかひどく遠い場所から、時間と空間を超《こ》えて届く、まったく異質な響《ひび》き。

異質な人格。

そして、異様な迫力《はくりよく》。

コロナの横で、スリムが唾《つば》を飲み込む音がした。

「ぎゃ、逆切れガルちゃん……？」

「生意気な！　もっぺん蹴《け》っ飛《と》ばしてやる！」

「挑発《ちょうはつ》しちゃダメ〜」

シャラとスリムが、あわててコロナを引き留《とど》める。

そんな三人の頭上に、ガルディーンの巨体《きよたい》が、のしかかるように迫《せま》って来て、言った。

『……わたしの真の力を、見るがいい。人間よ……（雑音）』

とたんに！

ガルディーンの機体内部で、何かが爆発《ばくはつ》したかのような強烈《きょうれつ》な重波動《じゅうはどう》が、コロナたちの体に直接《じか》に伝わってきた。

重力異常によって宙に巻き上げられた砂礫《されき》が、容赦《ようしゃ》なく顔面《がんめん》を叩《たた》く。

必死で足を踏《ふ》ん張っていないと、吹《ふ》き飛ばされてしまいそうなほどの、圧倒的《あっとうてき》パワー。

ガルディーンが、出力レベルを一気に引き上げたのだ。

――こ、こいつ……っ！

――いったい、何を始める気だ……!?

ここで初めて、コロナたちは目撃《もくげき》することになる。

ガルディーンの手の中に、未知の兵器が虚空《こくう》からダウンロードされてくる、まさにその瞬間《しゅんかん》を……。

『――NA（ナノスケール・アセンブラー）稼働《かどう》――』

背中の翅《はね》がひときわ輝《かがや》きを増し、軽く開いたガルディーンの両の手のひらの中に、光の粒子《りゅうし》が集束《しゅうそく》していく。

陽炎《かげろう》のように淡《あわ》い、光の塊《かたまり》。――それは、やがて、はっきりとした形あるものの姿となって、空中に凝固《ぎょうこ》した。

そして。

『――ダウンロード完了《かんりょう》――』

新たなるアイテムを手にしたガルディーンが、三人の前に静かに着地した。

嵐《あらし》のような重波動《じゅうはどう》は消え、大気が再び静寂《せいじゃく》を取り戻《もど》す。

「派手《はで》な演出だこと」

シャラが代表して感想を述《の》べた。

いかなる種類の戦場にも対応できる。

〈完全兵器〉の謳《うた》い文句は、決してハッタリではなかった。

必要な情報《データ》と、十分《じゅうぶん》なエネルギーさえあれば、ガルディーンの機内に数千億の単位《オーダー》で存在するNA群が、それを、原子の最後のひとつに至るまで、忠実に再構成（三次元ダウンロード）してのけるからだ。

旧世界の超《ちょう》文明が築き上げた、ナノテクノロジーの驚異《きょうい》。

しかし、手にしてるのがただのバナナでは、あまり説得力はなかった。

ガルディーンが、本当は何をダウンロードしようとしていたのかは不明だが、どうやら、元の情報《データ》に間違《まちが》いがあったらしい。

「……」↑シャラ
「…………」↑スリム
「…………（怒）」↑コロナ
三人が無言で見つめるなか、月に刀をかざす国定忠治《くにさだちゅうじ》みたいなポーズでバナナを握《にぎ》りしめていた〈完全兵器〉は、もったいぶった口調《くちょう》で、言った。

『中古の洗濯機《せんたくき》に……（雑音）、こんなことが、で、できるか？』

「バナナなんか、猿《さる》でもむけるわっ！」

＊

コロナの飛《と》び蹴《げ》り（フルパワー）を食らった〈完全兵器〉が砂漠《さばく》に沈《しず》んだのは、その直後のことである。

＊

「反応が消えました」

「消えた？　どういうことだ？」

「わかりません」

担当士官が、アルタミラを振《ふ》り返って、言った。

「数分前に突然《とつぜん》現れて、また突然消えたんです」

「おそらく計器の故障でしょう。――ピークパワーは、本艦《ほんかん》の総出力をも遥《はる》かに凌駕《りょうが》していました。ありえない数値です」

技術将校の一人が、横から口を添《そ》えた。

アルタミラは、かすかにうなずいて、艦長《かんちょう》席に腰《こし》を下ろした。

「警報解除《かいじょ》」

コロナたちを発見したという地上部隊からの連絡《れんらく》を受けて、現場へ急ぐ〈パンタグリュエル〉。その早期警戒《けいかい》システムが、突然、前方に巨大《きょだい》なエネルギーの存在を探知したのである。

しかし、それは出現した時と同じように、唐突《とうとつ》に消え失《う》せた。

――何だったんだ、いったい……？

データが更新《こうしん》されたばかりの主戦術ディスプレイを見上げながら、アルタミラが、ひそかにムカついていた、ちょうどその頃《ころ》。

＊

「えっ、えらいこっちゃ～～っ！」

濡《ぬ》れた身体《からだ》のまんま、素《す》っ裸《ぱだか》でバスルームから飛び出してきた娘《むすめ》がいた。

年の頃は十五、六。

よく焦《こ》げた小麦色の肌《はだ》と、銀色の髪《かみ》の毛。

野性的なお色気が、全身から匂《にお》い立つようなプロポーション。

形のいい胸のてっぺんには、男の心臓《ハート》を狙《ねら》う二丁拳銃《にちょうけんじゅう》のように、バラ色の乳首がつんと並んでいる。

嫁入り前《よめいりまえ》の娘にあるまじき、大胆《だいたん》なスタイルだが、本人、それどころではないらしい。

異国訛《いこくなま》りの強い声で、

「ファッジ！　起きい！〈破壊神《はかいしん》〉が目覚《めざ》めよった！」

場所は、どこかの安宿の一室だろう。

粗末《そまつ》なベッドに転がって、軽い寝息《ねいき》を立てていた少女が、目をこすりながら起き上がってきて、言った。

「バニラねーちゃん……？」

「何、ぼーっとしとんねん！　すぐ出発《チエックアウト》するで！」

「え〜〜？　自分、泊《と》まってく言うたやん」

ファッジと呼ばれた少女（妹）は、不服そうに頰《ほお》をふくらませた。

姉のバニラとは六つ違《ちが》い。

顔立ちこそ姉にそっくりだが、こちらの方は、スカートよりも半ズボンが似合いそうな、ごくシンプルな体つきだ。

「シンプルで悪かったわねえ」

むっとした顔で、ファッジは下を向いた。

シャツの襟元《えりもと》から自分の胸を覗《のぞ》き込《こ》んで、

「いつかはきっと……」

と、ため息をつく。

そーゆーお年頃《としごろ》なのだ。

バニラは、髪《かみ》の水気をバスタオルで拭《ふ》き取りながら、苦笑まじりに言った。

「はいはい。――そんなことは、どうでもええから、早う支度《したく》しい」

「どうでもよくないもん！　大事なことだもん！」

「ファッジ！」

バニラは、こわい顔をしてみせた。

「あんたも」と、デコピンを一発。「代々〈神殺し〉を職業としてきた、ゼネラル・ジェノミックス社製の血《DNA》を引く娘なら、さっきの波動が何を意味しとるか、よーわかっとるはずやろ？」

「痛いなあ、もー」

ファッジは、額《おでこ》を両手で押《お》さえながら、言った。

「でも、すぐに収まったやん。――あいつ、きっとまだ〈破壊神〉としては未完成なんやわ。そんな焦《あせ》ること、ないない」

「あほ。――あいつが完全体になりよったら最後、うちらの〈力〉でも、どないもならへんよってに、急がんとあかんのやないか。それに……」

と、急に言葉を切って、バニラは、ベッドサイドに置かれた細長い布包みに、手を伸《の》ばした。

包みの中から出てきたのは、刃渡《はわた》り二メートルはあろうかという〈神殺しの剣《けん》〉、フランベルジュ（波形の刃《やいば》を持つ両手持ちの長剣《ちょうけん》）である。

故郷《ふるさと》の町に残る言い伝えが正しければ、過去一千年の間、この剣が本来の目的（破壊神《はかいしん》の駆《く》除《じょ》）に使われたことは、実は、一度もない。

ゴキブリを退治《たいじ》するのと違《ちが》って、〈破壊神〉は、台所の流しの裏あたりを探せば、すぐにでも見つかるという類《たぐい》の存在ではないからだ。

「久しぶりに現れた獲物や」

バニラは、ルーン（停止コード）が刻《きざ》まれたフランベルジュの刀身を、あぶない目つきで、うっとりと眺《なが》めながら、言った。

「ぐずぐずしとったら、よその同業者に先を越《こ》されてしまうやないか」

「よその同業者……って、今時、そんな奴《やつ》、どこにおるねんな？」

ベッドにあぐらをかき、片方の手で頬《ほお》を支えながら、ファッジは投げやりに呟《つぶや》いた。

実に当を得た疑問《ツッコミ》である。

ゼネラル・ジェノミックス社が、企業としての活動を停止して、すでに久しい。

かつては、社内で最大の研究所《ラボ》が置かれていたトゥルーバッハの町（バニラたちの故郷《ふるさと》）も、次第《しだい》に過疎化《かそか》が進み、今や廃墟《はいきょ》も同然……。

以来、姉妹《しまい》二人、旅を続けながら、なんとかフランベルジュを守ってきたのだから。

しかし、バニラの耳に、ファッジの声は届かなかったようだ。

「もーすぐ、〈破壊神〉を斬《き》らしたるからな……♡」

うふふふふふ。

フランベルジュに話しかけるバニラの視線は、時の地平線をも遥《はる》かに越えて、未《いま》だ見ぬ巨大《きょだい》な〈敵〉を、その双眸《そうぼう》に捉《とら》えていた。

〈神殺し〉の血《DNA》が騒《さわ》ぐ。

騒ぎまくる。

バニラの体から、不思議《ふしぎ》な輝《かがや》きがあふれ出してきたのは、その時だ。

「ねーちゃん！」

ファッジが、思わず警告の叫《さけ》び声を上げた。

フランベルジュは、所有者の〈力〉を開放する強力な〈触媒《しょくばい》〉だ。

バニラの手の中で、刀身に刻まれたルーンが、剣先《けんさき》に向かって次々と点灯《てんとう》して行く。

バニラの〈気〉が爆発的《ばくはってき》に高まり、噴《ふ》き出すオーラは攻撃《こうげき》色に染《そ》まった。

そして、突然《とつぜん》、それは起こった。

フランベルジュから、光の紋章《もんしょう》が輝き出して、空中に鮮《あざ》やかな映像を浮《う》かび上がらせたのだ。

ブルーメタルをレーザー光線で切り裂《さ》いたような、◯《まる》にGの紋章。――それが、今はなきゼネラル・ジェノミックス社の登録商標《とうろくしょうひょう》であることを、バニラたち本人も知らない。

ただ、知っているのは、空にその紋章が輝く時、バニラの戦闘《せんとう》能力が限界を超えるということとだけだ。

よりによって、こんな場所で。
バ、バ、バ、バニラが発動する。
「あ、あかん……」

ファッジは覚悟《かくご》を決めて、両手で頭を抱《かか》えた。

次の瞬間《しゅんかん》に訪《おとず》れる破局を、ファ、ファ、ファッジは正確に予測できた。

——建物の跡《あと》に残るクレーターは、直径百メートル。村に人死《ひとじ》にが出なきゃええんやけど……。

ところが。

「……？」

いつまで待っても、あたりは静まり返ったまま。何事も起こらない。

おそるおそる目を開けてみると、バニラが放心したような顔で、元の場所に、ぼんやり佇《たたず》んでいた。

フランベルジュを支えていた両の腕《うで》からも力が抜《ぬ》け、長く重い剣《けん》の先端《せんたん》は、自然と床《ゆか》にめりこんで止まっていた。

何が原因かは知らないが、とにかく、最悪の事態だけはまぬがれたらしい。

「めでたいこっちゃ」

ファッジは、胸をなで下ろした。

――バニラが、マジにキレよったら、ほんま、シャレにならんからな。

ファッジは、バニラの足元に落ちているバスタオルを拾い上げながら、言った。

「ねーちゃん。えーかげんに服着んと、カゼひくで？」

反応がない。

ファッジは、バニラの顔の前で、右手をひらひら動かしてみた。

「ねーちゃん？」

「ファッジ……」

バニラは、緩慢《かんまん》に振《ふ》り返った。

心なしか、瞳孔《どうこう》も開き気味だ。

「今、気がついたんやけどな？」

「何やねんな。キツネにつままれたみたいな顔して」

「それや」

「それって？」

「顔や。――〈破壊神《はかいしん》〉て、どんな顔しとるんやろ？」

「はあ？」

「いやな。あいつの波動をキャッチしたもんで、とりあえず、気分だけは盛《も》り上がったんやけど（盛り上がりすぎ）、よく考えてみたら、うちら二人とも、〈破壊神《はかいしん》〉がどんな姿をしとるか知らんやんか？　どうやって探せばええんやろ思てな」

「会えば、自然に、わかるんとちゃうの？」

ファッジは、自信なさそうに言った。

バニラは、首を振《ふ》って、

「それじゃ遅《おそ》いんや。言うたやろ？——あいつが完全体になる前に、見つけて倒《たお》さな、手に負えんようになるて……」

たしかに、バニラたちには、ゼネラル・ジェノミックス社が〈破壊神〉と名づけた何者かの存在を感知する能力が、生まれつき備わっている。

しかし、うかつなことに、その外見については、研究所《ラボ》に残された伝説でも、一切触《ふ》れられていないのだ。

「〈破壊神〉の……外見」

ファッジは、虚《きょ》を突《つ》かれたような顔つきで、二、三回、口をパクパクと動かした。

それから、頭の中で、懸命《けんめい》にイメージをふくらませてみた。——成層圏《せいそうけん》にまで達する邪悪《じゃあく》な黒い雲。不気味な雷鳴《らいめい》。暗闇《くらやみ》に光る蛇《へび》の眸《め》。耳まで裂《さ》けた口。血で汚《よご》れた鋭《するど》い爪《つめ》。むき出しの内臓を連想させる、ぬめっとした皮膚《ひふ》。背中にはウロコ……。

「で、シッポの先っちょが、矢印《やじるし》になってるの」

「矢印か……。そりゃポイント高いな」

何やら納得《なっとく》するものがあったらしい。（おいおい）

バニラは、荷物の中から地図を取り出すと、その上で指を動かしながら、

「波動を感じたのは北《こっち》の方角やった。距離《きょり》も、そんなには離《はな》れてないはずや。――ということは……」

バニラの指先が、地図上の、ある一点で止まると、その動きをずっと目で追っていたファッジが、顔を上げて、言った。

「〈塩の湖〉……？」

バニラの次のセリフは、くしゃみによってかき消された。

風呂《ふろ》あがりに、あまり長く裸《はだか》でいてはイケナイという貴重な教訓《きょうくん》を、この時、バニラは身をもって学んだのだ。

＊

機械《マシン》は涙《なみだ》を流さない。（ダダッダー）
『わたしは、もうダメです』
コロナの飛《と》び蹴《げ》りが効《き》いたのか。
原因不明の〈ステータス異常〉から回復したガルディーンが、最初に発したセリフが、これ

だった。

外見も、フェーズ1の〈重陸戦形態〉に、すっかり戻《もど》ってしまっている。

ガルディーンは、砂漠《さばく》にその巨体《きょたい》を沈《しず》めたまま、芝居《しばい》がかった声で言った。

『わたしが死んだら、影武者《かげむしゃ》を立て、三年間は喪《も》を伏《ふ》せてください。――そして、灰はエーゲ海に……』

「まだ寝《ね》ぼけてやがんのか、このポンコツがっ!!」

『あああっ。すっ、すいません』

ガルディーンは、あわてて体を起こした。

コロナには、まるで弱い。

たしかに、いつものガルディーンだ。

「まあまあまあ」

激昂《げっこう》して、ガルディーンに飛びかかろうとするコロナを、後ろからはがい締《じ》めにしながら、シャラが言った。

「とにかく、よかったじゃない。ガルちゃんが元に戻ってさ」

「そうそう。――下手《へた》したら、このまま水も食糧《しょくりょう》もなしで、砂漠を歩いて越《こ》えるハメになってたかもしれないんだからな」

取りなすように言うスリムの手には、いつの間に拾って来たのか、一本の立派なバナナが握《にぎ》

Buchi

られている。

ガルディーン（フェーズ4）が、何か別の物と間違《まちが》えてダウンロードした、あのバナナだ。サイズの違いさえ気にしなければ、外見上は、普通《ふつう》のバナナと何ら変わるところはない。

（ように見える）

しかし、いったい、それは、本当にバナナなのか？

ちょっとイヤそうな顔をしながら、シャラが一歩引いて、訊《たず》ねた。

「あんた、まさか、それ食べる気じゃないでしょうね？」

「どうして？　砂は、ちゃんと払《はら》い落としたぜ？」

「そういうこと言ってんじゃなくて……」

「大丈夫《だいじょうぶ》。大丈夫」

スリムは、根拠《こんきょ》のない自信に満ちあふれた態度で、おもむろにバナナを口に運んだ。

色も、香《かお》りも、舌触《したざわ》りさえも。――NA（ナノスケール・アセンブラー）によって、大気中の窒素《ちっそ》と二酸化炭素から合成された人工物とは思えないほど、それは、見事にバナナだった。

ただ、『味』のデータだけが、間違っていた。

バナナは、『しめサバ』そっくりな味がした。

クリティカル・ヒットだ。

「ぐっ……！」

スリムは、目を白黒させた。

水中で長く息を止めすぎたダイバーみたいな顔をして、口一杯《くちいっぱい》に詰《つ》め込《こ》んだバナナを、懸命《けんめい》に咀嚼《そしゃく》するスリム。

飲み込む時には、目尻《めじり》に涙《なみだ》がにじんでいた。

（これは、後になってわかったことだが、元々、ガルディーンのメインメモリーには、『味』に関するデータは、一種類しか登録されていなかった。つまり、何をダウンロードしても同じ味。ステーキも、刺身《さしみ》も、杏仁豆腐《あんにんどうふ》も、全《すべ》て平等に『しめサバ』の味しか出力されないという、かなりイヤなシステムだったのである。それ以来、ガルディーンに食い物のダウンロードを要求する者は、一人もいなくなった。いや、そもそも軍事用に開発されたマシンに、『美味』を求める方が間違っているのだが……）

「ゲロまず～」

やっと声が出せるようになったとたん、スリムは、全世界に向けて、腹の底から、魂《たましい》をふり絞《しぼ》るようにして、叫《さけ》んだ。

「なんてぇ物《もん》を食わせるんだ！　俺《おれ》を殺す気か？」

スリムは、ガルディーンに詰《つ》め寄った。これを、八つ当たりと言う。

ガルディーンは、あくまでも冷静だ。

『何をおっしゃっているのか、よくわかりませんが？』

「とぼけやがって、このー」

しかし、ガルディーンが、とぼけているわけじゃないことは、すぐに判明した。

『いや〜、何か突然《とつぜん》、頭の上にカナダライが落っこちて来たような衝撃《しょうげき》がですね、こう、ガ〜ンと来て……』

そう。ガルディーンは、立ちくらみを起こしてから後のことは、何ひとつ覚えていなかったのである。フェーズ4への変形《コンバート》も、バナナのダウンロードも。

逆に、その話を聞かされたガルディーン自身が、三歩退《さ》がって驚《おどろ》く始末《しまつ》だった。

『そ、そんな機能《オプション》が、このわたしに……!?』

「知らなかったのか?」

『取説《マニュアル》にもない機能です』

「裏ワザってやつかな?」

スリムが、首をひねる。

「こいつを作った奴《やつ》が、どっかの配線を、つなぎ忘れただけじゃねーのか?」

コロナが、面倒《めんどう》くさそうに言った。

「それだわ」

シャラの脳裏《のうり》に、ひらめくものがあった。

コロナの言葉で思い出したのだ。彼らがガルディーンと最初に出会った場所を。

地下に埋《うず》もれた旧世界の兵器工場。

——あれって、もしかしたら、まだ作ってる最中だったのかも……？

たしかに、その可能性はある。

製品として完成される前に工場が埋《う》まり、そのまま放置《ほうち》されたのが、今、ここにいるガルディーンだとしたら……。

「ちょっと、ガルちゃん。——さっきのを、もう一回やってみてくれる？」

『さっきのと言いますと？』

シャラは、スリムの顔をちらりと見て、くすっと笑った。

そして、言った。

「バナナ」

＊

結果は、すぐに出た。

それも、予想通りの結果だ。

『機能にアクセスできません』

と、ガルディーンが応《こた》えたのだ。

「やっぱりね」

「おいおいおい。いったい、どうなってんだよ？」

「はっきりとはわかんないけど、たぶんバグか何かだと思うわ」

シャラは、スリムに小声で耳打ちした。――ガルディーンには、あまり聞かせたくない話のような気がしたからだ。

「バグ？」

「さもなきゃ、能力の全《すべ》てを使えないように、プロテクトがかかってるのか……。でも、それって変よね。わざわざ、そんなことをする理由なんか、どこにもないはずなのに……？」

「まあ、いいじゃねえか。――バナナなんか、八百屋《やおや》で買えばすむことだし」

――それに、八百屋のバナナの方が、ずっとうまい。

嘘《うそ》いつわりのないスリムの本心である。

一方、ガルディーンは、バナナに再び挑戦《ちょうせん》していた。

ガルディーンの側《そば》には、竹刀《しない》を手にしたコロナが仁王立《におうだ》ちになって、鬼《おに》コーチよろしく睨《にら》みを利《き》かせている。

しかし、何度試《こころ》みても、NAが起動することはなかった。

ガルディーンは、ぼーぜんと呟《つぶや》いた。

『そんなバナナ』

「くだらねーこと言ってる場合か！　しっかりしろ!!」

『コロナさん……』

と、ガルディーンは言った。

『わたしは、本当にもうダメです。わたしが死んだら、灰はエーゲ海に……』

「静かに！」

コロナは、片手を上げてガルディーンを制した。

東の空に耳をすませ、言った。

「あの音は何だ？」

「やべえっ！　帝国の軍艦《ぐんかん》だ！」

スリムが飛び上がって叫《さけ》んだ。

「しまった〜。こんなとこで、ぐずぐずしてちゃいけなかったんだ。——すっかり忘れてたぜ」

「まいったわね〜。ここじゃ、隠《かく》れる場所もないし〜」

「迎《むか》え撃《う》つぞ！　ガルディーン、戦闘《せんとう》態勢だっ！」

コロナは、闘志《とうし》をたぎらせて叫んだ。

しかし、いつまで待っても返事が返ってこない。

「？」

振《ふ》り返ると、ガルディーンは、再び砂《さ》漠《ばく》に巨体《きょたい》を横たえていた。

そして、枕元《まくらもと》に座《すわ》ったスリムを相手に、しょうこりもなく『灰はエーゲ海に……』を繰《く》り返している。

——あの馬鹿《ばか》！

コロナは、軽いめまいを感じた。（くらっ）

その時、シャラが近づいて来て、言った。

「ガルちゃんは、あの調子だし、〈塩の湖〉までは、まだ遠い。おまけに、車も水も食糧《しょくりょう》も電《でん》気釜《きがま》もないとくれば、残された手段はひとつしかないわよ？　いいわね？」

「ちょ、ちょっと待て。何を企《たくら》んでいる？」

と、コロナは答えた。

言うまでもないことだが……。

シャラが待つはずはなかった。

＊

アルタミラは、怒《いか》り狂《くる》っていた。

「誰《だれ》だ！　こんなところにバ、バ、バ、バナナの皮を捨《す》てた奴《やつ》はっ⁉」

地上部隊からの連絡《れんらく》を受け、はるばる駆《か》けつけてみれば、コロナ一味の姿はなく、代わりに待ち受けていたのは、間抜《まぬ》けな〈お約束ギャグの罠《わな》〉だったのだ。

トロイや幕僚《ばくりょう》たちが茫然《ぼうぜん》と見つめる中で、ものの見事にすっ転んでしまったアルタミラとしては、腹いせに、誰《だれ》かの首の二、三本もへし折《お》らないと収まらない気分だった。

手頃《てごろ》な首が、目の前にあった。

首の持ち主は、潰《つぶ》れた四輪駆動車《よんりんくどうしゃ》のそばに突《つ》っ立って、顎《あご》の無精《ぶしょう》ヒゲを撫《な》でながら、のんびりと、

「こりゃーひでえ。ゾウに踏《ふ》まれた筆箱って言葉があるが、こいつはもっと悪い。いったい、ここで」

何が起こったんだ？

と、言いかけた。その時。

それも、並みの息苦しさではない。

まるで、誰かに後ろから首を思い切り絞《し》められているような……。

「って、本当に絞めてるよ。おい！」

レーベンブロイは、アルタミラの手を振《ふ》りほどきながら、言った。

「いきなり何をする」

「やかましい！」

ひとの首を絞めておいて、やかましいとは理不尽《りふじん》きわまりない話だが、委細《いさい》かまわずアルタ

ミラは言った。

「貴様《きさま》だろう。こんな行儀《ぎょうぎ》の悪い真似《まね》をするのは」

至近距離《しきんきょり》から、顔面めがけて飛んで来たバナナの皮を、レーベンブロイは、必要最小限の動きで、軽く、しかし確実に躱《かわ》した。プロの動きだった。そう。普段《ふだん》、おちゃらけたことばかり言っているが、レーベンブロイが実は凄腕《すごうで》の賞金稼《しょうきんかせ》ぎだということを、忘れてはいけない。

レーベンブロイは、人好きのする精悍《せいかん》な顔に愛嬌《あいきょう》のある笑《え》みを浮《う》かべて、片目をつむってみせた。

「まあ、そうカリカリしなさんな。せっかくの美人が台無しだぜ？」

美人？

アルタミラの心臓が、脈を一個飛ばして打った。（どきっ）

戦場暮らしの長かったアルタミラは、ひとから美人と呼ばれることに慣れていない。だから、つい、こう叫《さけ》んでしまう。

「きっ、貴様の知ったことか！」

「おやおや」

レーベンブロイは、そう言って、肩《かた》をすくめた。

アルタミラから『貴様の知ったことか』と言われることには、すっかり慣れっこだったからだ。

わけのわからないセリフを心の中で呟《つぶや》きながら、レーベンブロイは、未《いま》だくすぶり続けている車の残骸《ざんがい》に視線を戻《もど》した。

コロナたちが、この場を立ち去ってから、さほど時間が経《た》っているようには思えなかった。歩いて砂漠《さばく》を越《こ》える気か？

アンカーを打って停泊《ていはく》した〈パンタグリュエル〉からの投光を受けて、車の周囲は真昼のように明るく照らし出されている。しかし、そこから一歩離《はな》れると、深い砂漠の闇《やみ》が、黒々と横たわっていた。

得体《えたい》の知れない夜行性の捕食《ほしょく》生物（巨大化《きょだいか》したザザ虫の変異体とか）が、活動を始める時間帯だ。

「剣呑《けんのん》、剣呑」

レーベンブロイは、小さく頭を振《ふ》った。

頼《たの》まれても、そんな真似《まね》をするのは願い下げだ、とレーベンブロイは思った。まして、この様子《ようす》じゃ、満足な水や食糧《しょくりょう》も持っていないに違《ちが》いない。

「いずれにせよ、そう遠くまで行けるはずはねえ。追いつくのは、時間の問題だな」

レーベンブロイが出した結論は、アルタミラのそれと一致《いっち》していた。

「もちろん、我々は追いつくさ」

自信たっぷりの言い切り。

アルタミラは、その顔に、鏡《かがみ》の前で練習した悪役な微笑を浮《う》かべてみせた。下から懐中電灯《かいちゅうでんとう》で照らせば、よりいっそう効果的であることも学習済《ず》みだ。

いくら非常識なコロナでも、歩いてこの砂漠を越えることなど、出来るわけがない！

出来ないような気がする。

たぶん出来ないんじゃないかな？

ま、ちょっと覚悟《かくご》はしておけ。

考えているうちに、だんだんいや〜な気分になってきたアルタミラは、レーベンブロイを振り返って、訊《たず》ねた。

「ここから一番近い、補給可能《ほきゅうかのう》なポイントは、どこだ？」

「〈塩の湖〉のほとりに、エルブランカという都市《まち》がある。俺《おれ》なら、まずそこを目指《めざ》すね」

「なぜ？」

と、アルタミラが理由を訊ねた。

レーベンブロイは、即答《そくとう》した。

「支店があるんだよ。かに道楽の」

「……」

アルタミラは、その場でレーベンブロイの首を引きちぎったりはしなかった。

「予想しておくべきだったな」

ため息まじりの声には、疲《つか》れたような響《ひび》きが隠《かく》されていた。

レーベンブロイが、心配そうに言った。

「どっか体でも悪いのか？」

いつもなら、激烈《げきれつ》なツッコミが返って来て当然の場面だったからである。

アルタミラは、死刑囚《しけいしゅう》に向かって最後に何か言い残すことはないかと訊《たず》ねるみたいな口調《くちょう》で、静かに言った。

「貴様《きさま》に、真面目《まじめ》な答えを期待したのが間違《まちが》いだったよ」

「そいつは心外だな。俺《おれ》は、いつだって真面目だぜ？　漢字で真面目と書いてレーベンブロイって読むんだ。知らねえのか？」

馬鹿《ばか》は、隣《となり》の火事より恐《こわ》い。

アルタミラは、レーベンブロイの馬鹿は無視することに決め、参謀《さんぼう》の一人に向き直ると、言った。

「地上部隊の収容が終わり次第《しだい》、艦《かん》を動かすぞ。準備しておくように、全軍に伝えろ」

「はっ」

参謀は、大型の無線機を背負った兵士から送話器を受け取り、そこで固まった。一旦《いったん》、開きかけた口をまた閉じて、アルタミラの方に、物問いたげな視線を向けてくる。

「どうした?」

「はっ。いえ、艦の針路《しんろ》ですが、いかがいたしましょう?」

「針路ぉ〜?」

アルタミラの機嫌《きげん》が、とたんに悪くなった。

すぐ後ろで、レーベンブロイがにやにや笑っているのが、気配《けはい》でわかる。めちゃめちゃ癪《しゃく》にさわるが、現時点で、アルタミラたちが持ち合わせている最善《さいぜん》の情報源《じょうほうげん》は、やはりレーベンブロイなのだ。

「……」

「砂漠《さばく》は、広いぜ?」

殺意のこもったアルタミラの視線を、レーベンブロイは、平気な顔(しかも、Vサイン付き)で受け止めた。

アルタミラは、念を押《お》した。

「確かなんだろうな?」

「かに道楽のことを除外《じょがい》したとしても、このあたりにゃ、他《ほか》に都市《まち》はねえんだ。信用しなって」

「……いいだろう」

と、アルタミラは、9・92秒かけて、うなずいた。カール・ルイスなら、百メートル向こうまで行っちゃってる時間だが、事は全軍の動きに関《かか》わってくる問題だ。指揮官《しきかん》としては、決断も慎重《しんちょう》にならざるを得ない。

指示を待っている参謀《さんぼう》に、アルタミラは短く言った。

「聞いたとおりだ」

「はっ！」

参謀は、えらく張り切って送話器に向かうと、トラ・トラ・トラでも打電しかねない勢いで、こう叫《さけ》んだ。

「全軍に発信！　目的地はエルブランカ！　明日は、カニ鍋《なべ》だ！」

次の瞬間《しゅんかん》。

カニ！

声にならないどよめきが、夜風を震《ふる》わせて、砂漠《さばく》の空に響《ひび》き渡《わた》った。

コロナ捜索《そうさく》のため、旗艦《きかん》〈パンタグリュエル〉を中心として、広範囲《こうはんい》に展開していた地上軍から、次々と『了解《りょうかい》』の返信が返ってくる。中には、遥《はる》か遠方《えんぽう》に位置している筈《はず》の部隊からも、わざわざ『カニっすね？　了解しました！　死んでも駆《か》けつけます！』などと報《しら》せてくる始末《しまつ》。

帝国軍の士気《しき》が、これほど高まったことが、かつてあっただろうか？

百万回でも断言できる。

ない。

全然ない。

あるのは、コロナにぶん殴《なぐ》られたとか、コロナに張り倒《たお》されたとか、コロナに蹴《け》られてお空の星になったとかいう、ろくでもない思い出だけ……。

しかし、神様は見ていてくれる。

生きていれば、きっといいことがあるんだ。

嗚呼《ああ》、人生って素晴《すば》らしい。

広い砂漠のそこかしこに布陣《ふじん》する、アルタミラ麾下《きか》、五万の将兵は、時を同じくして同じ夜空を見上げ——あれが蟹座《かにざ》——じんわりと涙《なみだ》ぐんだのであった。（作者も、もらい泣き）

当然、あわてたのはアルタミラである。

参謀の手から、送話器を引ったくるようにして奪《うば》うと、

「ばっ、馬鹿者《ばかもの》ぉ！　何を勝手なこと言っとるんだ！」

「いえ。話の流れから、カニ鍋は必然かと……」

「何が必然だ！　町内会の慰安《いあん》旅行じゃないんだぞ！　重要な軍事作戦を何だと思っとる！　参謀失格！　貴様《きさま》は、二等兵に格下げだ！」

「に、二等兵……っすか？」

軍歴も長く、それなりに貫禄《かんろく》もある参謀が、思わず目を白黒させた。

ちょうどその時。

「ぼくも、カニ鍋《なべ》食べたいな～」

のほほ～んとしたトロイの声が、アルタミラに、TNT火薬に換算《かんさん》して推定《すいてい》一五〇トン相当のダメージを与《あた》えた。（ちゅど～ん）

「で、殿下《でんか》～」

半《なか》ば腰《こし》くだけ状態のアルタミラは、泣いてんだか笑ってんだか、よくわからない表情で言った。

「帝国《ていこく》の長たるべき御方《おかた》が、そういうことをおっしゃっては困ります～。軍には、規律というものが必要で～……」

「ダメ？」

必殺、上目づかい。

武将としての資質には、いささか欠けるところのあるトロイだが、瞳《ひとみ》の中で、期待に星をきらきら光らせるのは得意だった。専門用語で、これを『三歳児の瞳』と言う。いい年をして、この技が使える男子は、めったにいない。――そして、そのきらきらに、アルタミラは昔から、めっぽう弱かった。

幼い頃《ころ》のトロイにせがまれて、城下の縁日《えんにち》で、金魚《きんぎょ》すくいの屋台を丸ごと買い上げてしまっ

ったのも、アルタミラだ。――その金魚たちは、今も帝都《ていと》アルタームの城の池で、元気に泳ぎ回っている。

それとはまた別の日に買わされた、色つきのヒヨコたちも、今は立派なニワトリに成長して、やはり城の中庭で、元気に時をつくっている。

こんな例は、枚挙《まいきょ》に暇《いとま》がない。

そして、また今回も、

「……わかりました」

アルタミラは、ため息と共に、敗北を認めた。

「わーい」

と、トロイは単純に喜び、将兵は（レーベンブロイの音頭《おんど》で）万歳《ばんざい》を三唱して、感涙《かんるい》にむせんだ。

浮《う》かない顔をしているのは、ひとり、アルタミラだけだった。

遠征軍《えんせいぐん》を維持《いじ》していくためには、それはもう、気が遠くなるほどの、莫大《ばくだい》な費用がかかるのだ。

兵士たちの食糧《しょくりょう》はもとより、機動兵器の燃料に弾薬《だんやく》、補修部品。歯ブラシだって、いつまでも同じ物を使っているというわけにはいかない。着艦訓練中《ちゃっかんくんれんちゅう》にドジを踏《ふ》んで、大事な機体を壊《こわ》す奴《やつ》までいる。

その上、今度はカニだ。

アルタミラは、頭が痛かった。

日々費《つい》やされる、巨額《きょがく》の軍費を捻出《ねんしゅつ》するために、アルタミラが陰《かげ》で、どんな苦労をしているか、脳天気《のうてんき》に万歳を叫《さけ》んでいる兵士たちは、誰《だれ》も知らないのだ。

ましてや、キリーの策謀《さくぼう》によって、本国からは、ろくな補給も受けられないとなれば、その困難は察《さっ》するにあまりある。

艦尾《かんび》の格納《かくのう》用ハッチを開いて地上部隊を収容中の〈パンタグリュエル〉に向かって、アルタミラは足取り重く戻《もど》り始めた。

当分の間、三食とも、水と乾《かん》パンだけにすれば何とか……。いや、しかし……。

頭の中は、早くもやりくりのことでいっぱい。

だから、アルタミラは気がつかなかった。

群衆《モブ》シーンの後ろの方で、浮《う》かれ騒《さわ》ぐ兵士たちに混じって、実はコロナたちも一緒に万歳をしていたという事実に。

もちろん、コロナたちは、倒《たお》した偵察部《ていさつぶ》隊《たい》から奪《うば》った帝国軍《ていこくぐん》の野戦用マントを羽織《はお》り、ヘルメットを目深《まぶか》にかぶって、それなりに目立たない工夫《くふう》はしていたのだが……。

それにしても、うかつだ！

うかつすぎるぞ、アルタミラ！

第一、あの巨大《きょだい》なガルディーンを、どうやったら『あんなデカい兵士、我が軍にいたっけかな?』と思えるのだ!?

いや、それ以前に、そんなデカいマントを、コロナたちは、いったいどこから調達《ちょうたつ》してきたのだ?

しかし、まあ、思ってしまったものは仕方がない。

我々、第三者の目から見ると、仕方がないですむような問題ではないような気もするが、仕方がないものは、仕方がないのである。そう思って、ここはいさぎよく諦《あきら》めていただきたい。

ところで、コロナたちは、カニの話が出るまで、いったいどこに潜《ひそ》んでいたのだろう?

その答えは、トロイが見つけていた。

砂の上に無造作《むぞうさ》に捨《す》てられた三本の竹の筒。

当然、呼吸《いき》ができるように、中の節《ふし》は抜《ぬ》いてある。

ちょっとでも目端《めはし》の利《き》く人間ならば、地面に残る真新しい穴の跡と、そのすぐ傍《そば》に落ちていた竹筒《たけづつ》との間に、どんな関係があるか、すぐにピンときた筈《はず》だが、残念ながら、トロイは、それほど目端の利く方ではなかった。(控《ひか》え目《め》な表現)

「なぜ、こんなところに竹が……?」

トロイは、自分が見つけた物を、誰《だれ》かに見てもらいたいと思った。

「アルタミラ?」

アルタミラは、瞳孔《どうこう》の広がった目で虚空《こくう》を見つめ、明日の出費のことを考えていた。

「レーベンブロイさん？」

レーベンブロイは、踊《おど》っていた。

朝まで踊り明かすつもりのようだった。

かくして、コロナたちが砂漠に穴を掘って忍者のように隠れていたという秘密は、永久に解《と》き明かされることなく、終わったのである。

やがて、地上部隊（主に負傷者）の収容を済《す》ませた〈パンタグリュエル〉が、お祭り騒《さわ》ぎの中、離陸《りりく》。

艦橋《かんきょう》では、経済的な痛手から、ようやく立ち直ったアルタミラが、こんな号令を発していた。

「よし！　全軍、〈塩の湖〉に針路を取る。哨戒《しょうかい》中の〈ポイゾン〉は、地表の赤外線探査を強化しろ。コロナたちは、ここととエルブランカの間の、どこかにいる！　必ず見つけ出せ！」

＊

たしかに、アルタミラの言葉に間違《まちが》いはなかった。

ただ、正確には、コロナたちは、ここととエルブランカの間のどこかではなく、ずっとここにいたのである。

〈パンタグリュエル〉番外地。

正式名称は、第八格納《かくのう》デッキ。

艦底《かんてい》に近いこの部分には、およそ一個大隊分の陸戦兵器（空挺戦闘車《くうていせんとうしゃ》や武装ホバー、一五五ミリ自走砲《じそうほう》など）を格納するための、広いカーゴスペースが確保されている。

普段《ふだん》は、艦《かん》の乗組員《クルー》も、めったには降りて来ない場所だが、そこが、今は、臨時の野営地となっていた。

収容された地上軍の兵士、数百人が、寝起《ねお》きをするための空間だ。

彼らは皆《みな》、汗《あせ》と埃《ほこり》にまみれ、無精《ぶしよう》ヒゲを生《は》やし、くわえ煙草《たばこ》が似合い、艦《ふね》に慣れていない者も多かったが、軍隊生活そのものには、しっかりなじんでいた。

そして、従軍《じゆうぐん》も長くなると、兵士たちの振舞《ふるま》いは、大胆《だいたん》になってくる。

金属メッシュの通路には大小雑多《ざった》なテントが勝手に設営《せつえい》され、天井《てんじよう》を縦横に走る配管《パイプ》からは洗濯物《せんたくもの》がぶら下がり、飯盒《はんごう》でメシが炊《た》かれる。ドラム缶《かん》で沸《わ》かす風呂《ふろ》は、戦場の定番だ。

「通路で焚《た》き火《び》をするのはやめろ！」

番外地の管理を任《まか》された、〈パンタグリュエル〉の若い当直士官などは、完全になめられていて、いくら顔を真《ま》っ赤《か》にして怒鳴《どな》っても、誰《だれ》ひとり、まともに取り合おうとはしない。

「床《ゆか》に小便をするな！」

「吸《す》い殻《がら》は灰皿に捨《す》てろ！」

「酒を飲んで盛《も》り上がるな！」

「誰だ！　こんなところに四コママンガを落書きした奴《やつ》はっ⁉　三コマ目までしか描《か》いてないじゃないか！　オチはどうした？　オチは必ずつけろ！」

「艦の中で、ニワトリを放《はな》し飼《が》いにするな！」

「貴様《きさま》！　そんなに〈消火器〉を集めて、どうするつもりだ？　なに？　消防署の方から来ましたと言って売って歩く？　馬鹿者《ばかもん》！　元の位置に戻《もど》しとけ！　艦の備品《びひん》で勝手に商売をするんじゃない！」

「カレーライスを食う時に！　皿に飯粒《めしつぶ》を残すな！」

「おい、そこ！」

若い士官が、最後に目を止めたのは、おそろしく大きな風呂敷包みを持ち込んできた、あやしい三人組の兵隊だった。見覚《みおぼ》えのない連中だったが、もともと、そこら中が見覚えのない連中だらけなので、それは問題ではない。問題なのは、通路をふさいでいる大荷物の方だ。

――こいつらは、艦の規則というものを、まったく理解しようとせん！

旗艦《きかん》〈パンタグリュエル〉の乗組員《クルー》は、原則的に全員が志願兵《しがんへい》で、軍の中では一種のエリート的存在だ。一方、地上部隊の歩兵たちはといえば、そこいらで適当に徴兵《ちょうへい》された、前歴すら定かではない、荒《あら》れくれ者の集団。――最初から、反《そ》りが合うはずはないのである。

糊《のり》の利《き》いた制服に、きちんと刈《か》り込んだ髪《かみ》。

アカデミーを出たばかりの若い士官は、与《あた》えられた任務《にんむ》に、必要以上に忠実であろうとしすぎた。

ずかずかと大股《おおまた》で、三人組の方へ足を運びながら、

「何度言ったらわかる！　防火隔壁《ぼうかかくへき》の前に私物《しぶつ》を置くな！　通路に住み着くな！　貴様《きさま》らはゴキブリか！　だいたい、そのどでかい荷物は何だ⁉」

「おれの弁当だ⁉　文句があるかっ⁉」

声は、思わぬ方向から聞こえてきた。

振《ふ》り返ると、スキンヘッドの巨漢《きよかん》が、顎《あご》の先に梅干《うめぼ》しを作って、こちらを睨《にら》みつけている。全身で筋トレが趣味《しゆみ》ですと主張してるような、ごつい体つきで、太い二《に》の腕《うで》には、『喧嘩上等《けんかじようとう》』の刺青《いれずみ》が見えた。

「べっ、弁当……？」

「おうよ。——おれは、戦《いくさ》の前に、たっぷり食うのが好きなんだよ」

男は、士官の襟元《えりもと》をちらりと見て、それから、無表情に「少尉殿《しようい どの》」とつけ加えた。

騒《さわ》ぎを聞きつけて、物見高い連中も集まり始めている。中には、さり気なくスパナを手にして、そいつで掌《てのひら》を軽く叩《たた》いている奴《やつ》もいた。

お呼びでない雰囲気《ふんいき》。

少尉殿は、突然《とつぜん》、自分が危地《きち》にいることを感じた。——もちろん、上官に手を出すなど、もっての外《ほか》だ。しかし、もっての外《ほか》のことばかりやってる連中が、ここにいる。しかも、集団で。

「とっ、とにかくだな」

少尉殿は、口の中でねばる舌を何とか動かして、言った。——このまま引き下がっては、上官としての威厳《いげん》に関《かか》わる。

「その弁当は他《ほか》へ置け。通行の邪魔《じゃま》だ。——見ろ、狭《せま》くて通れない」

「少尉殿が、お通りになるんで？」

「そ、そうだ。艦橋《ブリッジ》に用を思い出した」

「なるほど」

スキンヘッドが、にやりと笑った。

「そういう時はですな、少尉？　我々、陸軍の方では、上官から、こんな風に命令されるんですよ。——細くなって通れ！」

最後のひと言は、魂《たましい》をも消し飛ばすほどの、とんでもない大声だった。

少尉殿は、体を硬直《こうちょく》させて回れ右をすると、通路の隙間《すきま》（三センチ）を、細〜くなって帰って行った。人間、やればできるものだ。

「ありゃー、二度と戻《もど》って来ねーな」

誰《だれ》かが、そう言って、くすくす笑った。

「いい薬さ。——兵隊に言うことを聞かせたかったら、もっと別のやり方がある。あんな風に、頭ごなしにガミガミやることはないんだ」

「さすが、ゲルナーの旦那《だんな》。──特務曹長《とくむそうちょう》まで行った人は、セリフの重みが違《ちが》うねえ」

「上官を殴《なぐ》りすぎて、このザマだけどな」

ゲルナーと呼ばれた、スキンヘッドの大男は、苦笑してうなずいた。

それから、不意に三人組の方を振《ふ》り返ると、「で？」と言った。

「お前ら、いったい何者《なにもん》なんだ？」

＊

その頃《ころ》。〈パンタグリュエル〉の別の場所では──

「もうとっくに忘れられてるかもしれませんが、自分は、ヤマト・マーベリックであります。何だかよくわからない人たちに捕《つか》まって、こんな所に閉じこめられてしまいました。とても文明人のすることとは思えません」

ヤマトは、ふと我に返って、首を傾《かし》げながら、

「でも、なんで、こんなことを一人で喋《しゃべ》ってるんだろ？　おれ」

一人で喋っているのは、鉄格子《てつごうし》の前で、銃《じゅう》を構えて立っているガードの兵士が、まったく話し相手になってくれないからだ。

ヤマトは、取り調べの後、この監禁室《かんきんしつ》に連れて来られ、以来、ずーっと壁《かべ》に向かって話しかけているような気分を味わっていた。

世の中には、思っていることが、すぐ口に出てしまう種類の人たちがいるが、ヤマトもそうだった。

「あー。こんな任務《にんむ》なんか引き受けるんじゃなかった。他《ほか》のパイロットがみんな、〈ゆうばり〉の食堂で出た、鮭《さけ》のフライにあたりさえしなけりゃ、こんなことにはならなかったのに……。でも、おれも食ってんだよな～。鮭のフライ。どうして、おれだけ平気だったんだろ？」

ヤマトは、ガードの兵士の背中に、声を掛《か》けた。

「君、鮭のフライにあたったことある？」

「……」

どうやら、ないらしい。

「ないと思ってたんだ」

ヤマトは、勝手にうなずいて、話を続けた。

「うちの源《みなもと》料理長も、腕《うで》はいいんだけど、時々、みょーなレシピを開発してきて、あれが困りものだよな～。〈ゆうばり〉じゃ、今頃、何やってんのかな～。艦長《かんちょう》、怒《おこ》ってるだろうな～。いくら何でも、見捨《みす》てて帰っちゃうってことはないっすよね、艦長？　そろそろ、誰《だれ》かこっちに向かっててもいい頃だけど……」

と、銃殺《じゆうさつ》を待つ身の上で、案外にお気楽だ。

自分の置かれている立場が、あまりよくわかっていないせいだろう。

電話を一本かければ、すぐにでも、周回軌道上《しゅうかいきどうじょう》の〈ゆうばり〉から軍事法廷専門《ほうていせんもん》の弁護士（おそらく、その資格を持つ、副長のユンボさんあたり）が派遣《はけん》されてきて、あっと言う間に全《すべ》ての誤解《ごかい》はとけ、あのちょっと恐《こわ》い、けど魅力的《みりょくてき》な、美人の司令官とも、笑って握手《あくしゅ》をして、この惑星《ほし》を離《はな》れることができる。

ヤマトは、そう考えていた。

観光をして、お土産《みやげ》を買って、帰る。

〈ゆうばり〉に乗り組んだ時も、それくらいの軽い気持ちだったのだ。

地上が、野蛮で豪快な、戦国の世の中になっていることは、ヤマトはもちろん、〈ゆうばり〉を送り込んだ植民星《しょくみんせい》政府にとっても、想定外の事態だったのである。

ましてや、その〈ゆうばり〉が、理由も警告《けいこく》もなしに、あっさり撃沈《げきちん》されるとは、誰《だれ》ひとり、思ってもみなかったに違《ちが》いない。

「早く帰って、〈ゆうばり〉のラーメンが食べたいな〜」

のん気なひとり言を続けているこの男などは、もちろん、その典型《てんけい》である。

ヤマトは、退屈《たいくつ》しのぎに、『カエルの唄《うた》』のひとり輪唱を始めた。

「カ〜エ〜ル〜の、う〜た〜が〜」

（カ〜エ〜ル〜の、う〜た〜が〜）

「き〜こ〜え〜て、く〜る〜よ〜」

（き〜こ〜え〜て、く〜る〜よ〜）

ところが、そこでなぜか、また最初に戻《もど》ってしまうのである。

「カ〜エ〜ル〜の、う〜た〜が〜」

（カ〜エ〜ル〜の、う〜た〜が〜）

低い声で、無限に繰《く》り返される『カエルの唄』。

耳障《みみざわ》りなこと、この上ない。

しかも、たいへんな音痴《おんち》ときている。

——ケロッケロッケロッは、どうしたんだ!?

イライラをつのらせていたガードの兵士が、ヤマトに対して殺意を抱《いだ》いたのは、まさにこの瞬間《しゅんかん》だった。——銃殺刑《じゅうさつけい》の射手《しゃしゅ》は、絶対に、おれが務《つと》めてやる！

その時だ。

急に、通路の方が騒《さわ》がしくなった。

「うわ〜い！　高〜い山から谷底見〜れば〜っとくらぁ、こんちくしょう！」

「さっさと歩かんか、貴様《きさま》ら！」

「離せ！　離しやがれ！　おれが何をしたってんだ、べらぼうめっ！」

「君ねえ、飲んだら酔《よ》うように出来てるんだから、酒ってのは、な？　おれが酔っぱらってても、何の不都合《ふつごう》もあるめぇ？　違《ちが》うか、こら！」

「いや！　もう飲めません！　飲めませんが……。それでも、あなたが飲めとおっしゃるなら、いただきます」

「鞭声粛々《べんせいしゆくしゆく》～夜河《よかわ》を渡《わた》る～っとくらぁ！」

手のつけられない酔《よ》っぱらいの集団が、わあわあ言いながら、フルメタル装甲《そうこう》のＭＰ（ミリタリー・ポリス）に護送されて来た。

中でも、ひときわ目を引く大男などは、つるつるに剃《そ》り上げた頭の先まで真《ま》っ赤《か》になって、「ゆうべ、父ちゃんと寝《ね》た時に～」とかいう、わけのわからない歌を、大声でがなり立てている。

そして、その大男と仲良く肩《かた》を組み、これまたご機嫌《きげん》なご様子《ようす》で、何やら意味ふめーの叫《さけ》び声をあげている、ネクタイではち巻きをした、見るからに調子のよさそうな男。――その男の姿に、ヤマトは、どことなく見覚《みおぼ》えがあった。

「何事ですか、これは？」

と、ガードの兵士が目を丸くして言った。

酔って騒ぎを起こした歩兵が、ここへ運ばれて来るのは、そう珍《めずら》しいことではない。最近では特にそうだ。ただ、不思議《ふしぎ》だったのは、連中のほぼ全員が、パンツ一丁の丸裸であるということだった。

「見ての通りさ」

ＭＰは、フルプロテクト、赤外線視覚、データリンク付きヘッドギアのバイザーを上げると、半笑いみたいな表情を浮《う》かべて、言った。

「えらく博打《ばくち》の強い新入りがいて、官給品の軍服から銃《じゅう》から何から、ありったけ、ひん剝《む》かれたらしい」

「で、やけ酒ですか？　それにしちゃあ、ずいぶんご機嫌ですな」

「酒が飲めりゃ、理由や場所に関係なくご機嫌なんだよ。こいつらは」

ＭＰの言葉は正しかった。

牢《ろう》にぶち込まれた酔っぱらいの集団は、早くもヤマトをも巻き込んで（何？　おれの酒が飲めねーって言うのか？）、盛《も》り上がりに盛り上がっている。

「一升瓶《いっしょうびん》は、取り上げた方が、よかーないですか？」

「好きにさせておけ。どうせ朝までの命だ」

「あっ。これは、ウィンターズ少尉《しょうい》。いつから、そこにおられたんですか。ちっとも気がつきませんで……」

「細～くなって、横を向いてたからな」

ウィンターズ少尉殿は、自嘲気味《じちょうぎみ》に口をゆがめて、アリスのトランプの兵隊みたいなことを言った。先ほどの一件で、相当《そうとう》、自尊心《じそんしん》を傷つけられたらしい。

しかも、その一方の当事者であるゲルナーは、そんなことなど、すっかり忘れたかのように

（事実、忘れているのだが）、牢《ろう》の中で、楽しく騒《さわ》いでいる。

「明日の銃殺《じゆうさつ》は、私が指揮《しき》を執《と》ることになった」

ウィンターズは、陰気《いんき》な目で、ゲルナーたちを見つめながら、言った。

「とても楽しみだよ」

「酒を飲んだぐらいのことで銃殺ですか？　いくら軍規《ぐんき》を引き締《し》めるためとは言え、賛成しかねますな。──連中は、ちょっとハメを外《はず》しただけで、銃殺されるほどのことは、何もやっておりません」

と、MPは言った。

正論である。

「正論ですね」

と、ガードの兵士も賛成した。

「でも、どうせなら、少尉がここにいる時に言った方が、もっと効果的だったでしょうな」

「あの人は、どうも苦手なんだよ。いつもピリピリしててな。それに、顔がゲシュタポみたいで恐《こわ》いし」

MPは、冗談《じようだん》とも本気ともつかない言い方で、ウィンターズが立ち去った後のドアを、ちらりと盗《ぬす》み見た。──また横向きになって隠《かく》れてないか、心配だったのである。

それから、牢の方に目をやると、首を振《ふ》りながら、

「かわいそうだが、どうにもならん」

それを聞いたガードの兵士は、銃殺隊に志願《しがん》するのは、やっぱりやめようと思った。――自分には、向いてない。

そして、牢の中では。

「なるほど！」

ヤマトが、ポンと手を打って、

「お互《たが》い別の場所で捕《つか》まって、牢屋で再会するのって、道中物の基本ですよね！」

とたんに、

「おい、そこの若《わけ》えの！」

酔眼《すいがん》を宙に据《す》わらせたゲルナーが、上体をふらつかせながら近寄《ちかよ》って来て、ヤマトの首を太い腕《うで》で締めつけた。

「くだらねーこと言って、ひとりでうなずいてないで、おめーも何か一曲、歌え！」

＊

さて。

ヤマトが『カエルの唄《うた》』のひとり輪唱を披露《ひろう》して、酔《よ》っぱらい連中の顰蹙《ひんしゅく》を買いまくっている頃《ころ》。

番外地の格納《かくのう》デッキでは――

「ちょろいもんね♡」

二十枚ほどの畳《たたみ》を積《つ》み上げて作った、一段高い特等席の上で、シャラが、悠然《ゆうぜん》と札束《さったば》を数えていた。

あたりには、花札《はなふだ》と一升瓶《いっしょうびん》が散乱《さんらん》していて、文字通り〈兵《つわもの》どもが夢の跡《あと》〉といった風情《ふぜい》である。

「コイコイで、あたしに勝とうなんて、六千五百万年早いっつーの」

シャラは、くすくすと、思い出し笑いをした。

『お前ら、いったい何者《なにもん》なんだ？』

ゲルナーの問いかけに、シャラは、逆にこう応じたのである。

『知りたい？　ど〜しても知りたい？　ど〜しても知りたいんだったら、ぼくと勝負して勝たなきゃダメだよ』

「で」

と、シャラは、言った。

「あいつらの三年先の給料まで巻き上げてやったわ。わはははははは（Vサイン）」

「鬼畜《きちく》か、おめーは」

「な〜によ〜。結果的に丸くおさまったんだから、それで、いーじゃん」

「いーのか？」

体育会系で、筋肉一直線なコロナとしては、シャラやスリムが時々くり出す〈裏ワザ〉の類《たぐい》は、肌《はだ》に合わないところがあった。

シャラが、すまして言った。

「何か、お気に召《め》さないことでも？」

「おれは、地面に穴を掘《ほ》って、間抜《まぬ》けな竹《たけ》の筒《つつ》で呼吸《いき》をしながら隠《かく》れてるのは、好きじゃないんだ！」

「どーして？」

「どーして!?」

コロナは、そんなこともわからないのかという顔をしてみせた。そして、叫《さけ》んだ。

「決まってるだろう！　間抜けだからだよ！」

「ああ。そういうこと」

シャラは、軽くうなずいた。

「一瞬《いっしゅん》、本気で心配しちゃった。竹にアレルギーか何かあるのかと思って。――パンダだったら生きていけないものねえ」

「わけのわからねー心配をするな!!　――だいたい、お前、この艦《ふね》がどういう艦か、知ってるのか？」

「帝国《ていこく》の旗艦《きかん》〈パンタグリュエル〉。有名だもんね」

「それを知ってて、よく平気で……」

「どうせ行く先は一緒《いっしょ》なんだし、ちょっと便乗《びんじょう》させてもらっただけじゃない。ヒッチハイクよ、ヒッチハイク」

「何を言ってやがる。ほんとは、あのまま砂の中で、帝国軍《こいつら》をやりすごす計画だったじゃねーかよ。それなのに、——カニと聞いたとたんに飛び出しやがって」

「だって、しょーがないでしょ。——カニなんだから」

説得力が、あるのかないのか。

コロナには、判断がつきかねた。

シャラは、ここぞとばかりに、コロナを丸め込みにかかった。

「よく考えてみてよ。——ガルちゃんは落ち込んでて戦える状態じゃなかったし、車はアレだし、歩くの嫌《きら》いだし、日焼けはお肌《はだ》の大敵だし、他に方法はなかったのよ！」

「ほんとになかったのか、おい」

コロナのツッコミは無視して、シャラは、ずばりと核心《かくしん》をついた。

「で、まあ、そのついでに？　帝国軍のおごりで、カニ鍋《なべ》ごちそうになって行くのも、悪くないかなあって……」

シャラは、えっへっへと笑った。

えっへっへじゃねえ！

――と、コロナは強く思った。

しかし、コロナの口から出たのは、ため息だけだった。どっちみち、今さら艦《ふね》を降りるわけにはいかないということぐらい、コロナにも、よくわかっていたからだ。

こういうのを、ほんとに、『乗りかかった船』って言うんだな。

――コロナが、しみじみとそんな述懐《じゅっかい》にふけっていると、あわただしい足音が数人分、近づいて来るのが聞こえた。

コロナは、あわてて口にマスクをかけた。

白い、何の変哲《へんてつ》もないマスクだったが、その程度のことでも、番外地《ここ》では十分《じゅうぶん》に通用した。

いや、たとえ素顔で歩き回ったとしても、怪《あや》しまれることはなかっただろう。

追い求める当の仇《かたき》が、まさか、同じ艦に乗ってるとは、誰《だれ》も思わないからだ。

畳《たたみ》を積み上げた特等席のある一画は、他の区域《エリア》からは、段ボール箱などで隔離《かくり》されていた。

本来、ここは、番外地の顔役でもある、ゲルナーたち古参兵《こさんへい》の、根城《ねじろ》だったのだ。

「たっ、大変です！　ゲッ、ゲルナーの兄貴《あにき》が！」

「しょっぴかれてったやつら、全員銃殺《じゅうさつ》ってことに決まったそうで」

「今まで、こんなことは何度もあったけど、いきなり銃殺なんて……」

「ウィンターズの野郎《やろう》だ。そうに違《ちげ》えねえ！」

「どっ、どうしましょう？」

口々に言い立てる連中が、一人残らずパンツ一丁ってのも間抜《まぬ》けだったが、この短時間で、シャラが、すでに頭目《とうもく》としての地位を築き上げてしまっていること自体、もっと驚《おどろ》きだ。

積み重ねた畳《たたみ》の上に、伝法《でんぽう》な調子で大あぐらをかいたシャラは、みんなを落ち着かせた後、こう呟《つぶや》いた。

「まずいな〜。——スリムのやつ、調子に乗って一緒《いっしょ》に騒《さわ》ぐから……」

「先頭切って騒いでたのは、お前だろう」

コロナが、マスクの下でぼそっと言った。

もちろん、シャラは、聞こえないふりをした。

それから、非常に重大な問題を考慮《こうりょ》している風な顔つきになると、パンツ一丁で、そろって正座している連中の方を振《ふ》り返って、「で？」と言った。

「その銃殺ってのは、カニ鍋《なべ》の前か、後《あと》か？」

大肉林

処刑《しょけい》はカニ鍋《なべ》の前か後《あと》か。

後ならば、何も問題はない。

カニをたらふく食ってから、スリムを助け出せばいいだけのことだ。——もちろん、気が向いたらの話だが。

しかし、前ならば？

スリムを助け出せば、必ず騒《さわ》ぎになる。

騒ぎになれば、〈パンタグリュエル〉からも脱出《だっしゅつ》しなければならない。

当然、カニにはありつけない。

カニを諦《あきら》めるか、スリムを諦めるか。

「カニか、スリムか」

「スリムか、カニか」

不思議《ふしぎ》なことに、その問いを何度くり返してみても、決まって答えは同じ——いさぎよくスリムを諦める——だった。

「どうしてだろう？　不思議だなァ」

『不思議だなァじゃ、ねっつーの！』

シャラにツッコミを入れる、スリムのイメージ映像には、早くも黒い、い、い、リボンがかけられていたりするのだから、世の中というものは油断がならない。

『いさぎよく俺《おれ》を諦《あきら》めて、どうするよ！　諦めるのはカニだろ、カニ!!……——……カニなんざ、あとで俺が、いくらでもおごってやるから！』

この場にスリムがいたら、間違《まちが》いなく口にしたであろうセリフを、シャラは、ほぼ完璧《かんぺき》に思い浮《う》かべることが出来た。そして同時に、スリムの『あとで』が、どれほど当てにならないかということも……。こちらは、ほぼ抜《ぬ》きの完璧である。

——あいつの口約束を真《ま》に受けて、何度、馬鹿《ばか》をみたことか。

過去のあれや（『バッタの紋章《もんしょう》』参照のこと）これや（『スリム・ブラウン出世物語』参照のこと）を思い出すうちに、むかむか腹が立ってきたシャラは、突然《とつぜん》、『（劇団四季版）風と共に去りぬ』の登場人物になりきると、どこか異次元の方向を見つめながら、両手を握《にぎ》り合わせて、言った。

「そうだわ。明日、カニ食ってから考えよう。——明日は明日のカニが……。いえ、風が吹《ふ》くわ」

「おい。そこのスカーレット・オハラ」

声と同時に、シャラの後頭部のあたりで、『ごん!』という鈍《にぶ》い音がした。

コロナが刀の鐺《こじり》を突《つ》き入れたのだ。

「〜〜〜〜」

よほど痛かったとみえる。

頭を抱《かか》えたまま、しばらくその場にうずくまっていたシャラが、目に涙《なみだ》をにじませて、コロナを振《ふ》り返った。

コロナはと言うと、何事もなかったような顔で、畳《たたみ》の上に端座《たんざ》したまま、小柄《こづか》を使って、丸太ん棒を何かの形に削《けず》っている最中だ。

——宮本武蔵《みやもとむさし》か、お前は。

シャラは、口をとがらせて言った。

「何すんだよ〜」

「何すんだよ〜じゃねえ。——てめー、カニに目がくらんで、仲間を見殺しにする気か？　そういう奴《やつ》か？」

「スリムのことなら、心配なんかすること、ないない」

シャラは、お気楽そうに、手をひらひら振ってみせた。

「いざって時の逃《に》げ足《あし》は、引田天功《ひきたてんこう》も顔負けするくらい速いんだから、あいつ」

「おれが言ってんのは、スリムのことじゃねえ」

わかってるはずだ――という目で、コロナはシャラをまっすぐに見つめた。

そう。――もちろん、シャラにもわかっていた。

コロナが言っているのは、三年先の給料まで巻きあげられたうえに、二日酔《ふつかよ》いのまま銃殺《じゅうさつ》されようとしている、あの(ガラは悪いが)気のいい連中のことだ、と。

兵隊やくざのゲルナーが、例の口うるさい少尉《しょうい》を追《お》っ払《ぱら》ったのは、別段、コロナたちをかばってのことではない。ただ単に、エリート風を吹《ふ》かせる〈パンタグリュエル〉の将校が、気にくわなかっただけの話だ。

しかし、意図はどうあれ、結果として、コロナたちが助けられたことに変わりはない。

体育会系で、浪花節《なにわぶし》で、お脳が筋肉質な主人公《コロナ》に、彼らを見捨《みす》てることができるだろうか?

シャラは、ため息をついた。

「いや。できない。かっこ反語……ってやつ?」

「なんだって?」

「こっちの話!」

シャラは、いささか乱暴な口調《くちょう》で応《こた》えた。

シャラにとって、目の前のカニを諦《あきら》めるのは、まさに断腸《だんちょう》の思いだったからだ。――ちなみに、断腸の思いとは、腸がちぎれるほどつらいということである。腸がちぎれたら、そりゃあつらかろう。

「くだんないこと説明してんじゃないわよ！」

非常識にも、シャラはナレーションを怒鳴《どな》りつけた。これを八つ当たりという。

そして、丸太ん棒に向かって倦《う》むことなく小柄《こづか》を動かしているコロナにも、八つ当たりの矛《ほこ》先《さき》は及《およ》んだ。

「どーでもいいけど、さっきから、あんた、何やってんの？——仏像彫《ほ》ってるとか言ったら怒《おこ》るよ？」

「こうしていると心が落ち着くのだ」

コロナは、薄《うす》い木片を一片《ひとひら》、丸太ん棒から丁寧《ていねい》に削《けず》り取ると、その仕上がり具合を確かめるように、光に透《す》かしてじっと眺《なが》めた。

「お前も、やってみるか？」

「じょーだん。——寝言《ねごと》なら寝て言ってよね」

と、そっぽを向くシャラに、コロナは、しみじみと言った。

「お前、ちょっとは心を落ち着けた方がいいぞ？」

「心よりカニよ！」

両の拳《こぶし》を、ぐわしっと握《にぎ》りしめながら、シャラは力いっぱい主張した。

心よりカニ！　——いっそ清々《すがすが》しいとさえ言えるほどの、それは見事な言い切りであった。

普通《ふつう》、なかなかここまできっぱりと断言できるものではない。

カと二の二文字を背負《しょ》って、星飛雄馬《ほしひゅうま》のように燃えるシャラ。

——漢字だったら一文字ですむのに。

コロナは無言で首を振《ふ》ると、再び丸太《まるた》削《けず》りに戻《もど》った。

すると、そこへ、使いっ走りの二等兵が、息せき切って駆《か》け込《こ》んで来た。——上のデッキで情報を仕入れて来るように、シャラが命じておいたうちの一人だった。シャラも、さすがにパンツ一丁の姿ではまずいと思ったのか、軍服だけは返してやったようだ。（あんなもん、古着屋に売ったって、どーせ二束三文にしかならないし〜）

「わかりやしたぜ、旦那《だんな》！」

二等兵は、妙《みょう》に意気込んで言った。

「兄貴《あにき》たちの処刑《しょけい》は明日の朝イチっす！」

「ああああああ」

半《なか》ば予想していたこととは言え、シャラの落胆《らくたん》は大きく、その様子《ようす》は、コロナの目から見ても気の毒なほどだった。（笑）

「とか言いながら、その（笑）ってのは何なのさ〜っ!?」

シャラは、ちゃぶ台をひっくり返して暴れ始めた。（うおおおおおお！）

そんなシャラに代わって、コロナが二等兵に念を押《お》した。

「確かなんだな？」

カーー

「へえ。――なんかよくわかんねースパイの野郎《やろう》と一緒《いっしょ》にね、砂漠《さばく》に穴掘《ほ》って、並ばせといて、まとめてズドーンと」

「スパイ？」

コロナは、わずかに眉《まゆ》を動かしただけで、その言葉を聞き流した。――どこの国にもスパイはいる。

しかし、まさか、そのスパイというのが、ヤマト・マーベリックとか言う名前の、空から降《ふ》って来た間抜《まぬ》けのことだとは思いもよらなかったし、ましてや、牢獄《ろうごく》での再会を祝して、スリムと二人、めでたく意気投合している真《ま》っ最中《さいちゅう》だとは、当然のことながら、想像だにしなかった。

＊

「普通《ふつう》、しない」

と、スリムはうなずいた。

ヤマトが、言った。

「何のことです？」

「あ？」

「いや。普通しないって、今……」

「だから、想像だにしなかったたって言うからさ、普通はしないって言ったんだよ」

「誰《だれ》か、そんなこと言いました？　自分には聞こえませんでしたが？」

ヤマトは、けげんな顔で、さして広くもない監禁室《かんきんしつ》を見回した。床《ゆか》には、酔《よ》いつぶれた男どもと一升瓶《いっしょうびん》が散乱し、中央線の終電のような臭《にお》いがぷんぷんしていた。ゲルナーの強烈《きょうれつ》ないびきも聞こえてくる。どうやら、起きているのは、スリムとヤマトの二人だけのようだった。

「あのな、ヤマちゃん」

人類史上、最もなれなれしい遺伝子《いでんし》を持つ男――スリム〈口先男〉ブラウン――通称、18金のスリムは、まだどこか硬《かた》い感じのするヤマトの肩《かた》に手を置くと、百年前からの知り合いみたいな口調《くちょう》で、言った。

「友人として、ひとつだけ忠告しといてやる。いいか？　そーゆー下らない質問ばっかしてっと、この世界じゃ長生きできないことになってるんだ」

「な、なってるですか」

「なってるんだよ～」

スリムは、重々しくうなずいてみせた。

「特にコロナちゃんの前では禁物だ。あの娘《こ》は、物事に容赦《ようしゃ》のねー性格だからな。覚えといた方がいいぜ？」

「あの方はコロナさんと言うんですね。……なんか、大変なお取り込み中のところを、お邪魔《じゃま》しちゃったようで、申し訳なく思ってたんですよ」

「気にしない、気にしない」

他人のことならば、スリムは、いくらでも寛容《かんよう》になれる。

「それよりも、さっき言ってた、〈しょくみんせい〉とかいう国の話をもっと聞きてえな。温泉も出るんだって？　いいねえ、温泉」

「はあ。いや、そりゃ出ますけど……。何度も言ってますが、歩いて行ける距離《きょり》じゃありませんからね？　スリムさん、そこんとこ、ちゃんと理解されてます？」

「わーってる、わーってる。なんとかって船が迎《むか》えに来るんだろう？」

「〈ゆうばり〉です」

「おう、それそれ。――その〈ゆうばり〉だか〈あばしり〉だかが来た時にだなあ、ちょいと俺《おれ》も乗せてくれるように、上官に頼《たの》んでみてくんねーか？」

「ちょいとって、そんな簡単に言いますけどね……」

「いーじゃねーか。俺とお前の仲だろ？」

「いや。自分はともかくとして、あの艦長《かんちょう》が何と言うか……」

「話は俺がつける」

スリムは、請《う》け合った。交渉事《こうしょうごと》において、スリムの右に出る者はいない。

ヤマトは、あいまいな顔つきでうなずきながら、

「でも、どうして〈ゆうばり〉なんかに？　まさか、本国の温泉が目当てってことはないですよね？　温泉なら、地球《ここ》にも、いくらでもあるだろうし……」

「好奇心《こうきしん》さ」

そう言って、スリムはにやりと笑った。

文句のつけようがない答えである。

ヤマトとしても、納得《なっとく》して引き退《さ》がるしかなかった。

スリムの好奇心は、金儲けだけにしか働かないということを、この時点では、ヤマトはまだ知らなかったからだ。

――星を渡《わた》る船か。いいねえ。バラして屑鉄屋《くずてつや》に売ったら、いくらになるだろ？

早くも、頭の中で電卓《でんたく》を叩《たた》き始めたスリムに、ヤマトが釘《くぎ》を刺《さ》した。

「何か変なこと考えてるんじゃないでしょうね？」

「とんでもない」

スリムは、真顔《まがお》で首を振《ふ》った。

そのご誠実でご立派な顔つきは、愛娘《まなむすめ》を傷物にされて怒《いか》り狂《くる》った父親（手にはショットガン）をだます時のために、普段《ふだん》はとっておいてある、いわばスリムの奥《おく》の手《て》で、案《あん》の定《じょう》、ヤマトはころりと引っかかった。

「なら、いいんですけどね」

「そうそう。――それに、おめー、今はまず、どうやってここから出るかを、考えないと……」

「問題は、それなんですよ～」

ヤマトは、スリムが意図的に話題をすりかえたことに気づかなかった。

「アルタミラさんという人は、全然話を聞いてくれないし、〈ゆうばり〉に連絡《れんらく》を取ろうにも、ケータイは取りあげられちゃったし。――とにかく、衛星回線の使える電話か端末《たんまつ》の置いてある場所を見つけて、それから、副長のユンボさんと相談したうえで……」

「おーい」

「は？」

「は？　じゃねーだろ？　そんな悠長《ゆうちょう》なことやってる暇《ひま》があると、お前、本気で思ってんの？」

スリムは、そこにはいない誰《だれ》かさんに向かって、困ったもんだねという風に肩《かた》をすくめてみせた。

「状況《じょうきょう》が全然わかってないようだから言ってやるが、お前は、帝国軍《ていこくぐん》からスパイだと思われてるんだ。てことは、手前《てめえ》の死刑執行《しけいしっこう》令状に手前でサインしたのも同然なんだぜ？」

「だから、それは誤解だと何度も……」

「無駄無駄《むだ》」

スリムは、あっさりとヤマトの希望的観測を打ち砕《くだ》いた。

「俺《おれ》に言わせりゃ、その場で殺されなかっただけでもラッキーってやつだね。……お前の国じゃ、どうだか知らねーが、ここにゃ、まともな司法制度なんかねーんだ。アルタミラのねーちゃんが死刑って言ったんなら、問答無用で、即《そく》コレさ」

指で喉《のど》を横に切る仕草《しぐさ》は、万国共通だ。

ヤマトにも、その意味は明瞭《めいりよう》に伝わった。

「そ、そんな野蛮《やばん》な……！」

もし、そこが東京ドームなら、ホームベースからライトスタンドまで後《あと》ずさりして、背中をフェンスに打ちつけるほどのショックを、ヤマトは受けた。

何と言っても、地球は人類文明発祥《はつしよう》の地だ。――そのはずだ。

少なくとも、ヤマトたちの遠い先祖が、大宇宙に足を踏《ふ》み出した当時、この惑星《ほし》が、最高度に発達した文明を擁《よう》していたことは間違《まちが》いない。

それなのに、いったい現在《いま》のこの有様《ありさま》は、どういうことなのだろう？

地上は戦国時代さながら。

野蛮きわまりない社会と、野蛮きわまりない住人。

舗装《ほそう》もされていない道路を、原始的な内燃機関を積んだ車が走ってるかと思えば、この〈パンタグリュエル〉のような巨艦《きよかん》が、自在に空を飛翔《ひしよう》する。

――なんという異常な世界だ！

文明人ヤマトは、あらためてそのことに気づかされ、茫然《ぼうぜん》となった。

「おーい。大丈夫《だいじょうぶ》か？」

スリムが、ヤマトの顔の前で手を振《ふ》りながら、言った。

「あ。す、すいません。ちょっと、めまいが……」

「まあ、そう心配すんなって。（大事な金ヅルを）俺《おれ》が、むざむざ見殺しにすると思うのか？言っちゃ何だが、昔から、こーゆーことには慣れてるんだ」

ヤマトの顔に浮《う》かんだ表情を、別の方向に解釈《かいしゃく》したスリムが、なぐさめるような口調《くちょう》で、言った。――生まれた時から、この世界にすっかり馴染《なじ》んでいるスリムには、ヤマトが、なぜショックを受けるのか、理解するのは難《むずか》しかっただろう。

たとえて言えばそれは、普段《ふだん》、温水シャワー付きの水洗トイレで用を足していた繊細《せんさい》な都会人が、いきなり、中国奥地《おくち》のニーハオ・トイレ（地面に溝《みぞ》が掘《ほ》ってあるだけ。ドアも仕切りも何にもなしという、豪快《ごうかい》なもの）に連れて来られ、にこにこ笑いながら「はい」と言って一本の荒縄《あらなわ》を手渡《てわた》された時の心境に、似てるかもしれない。（似てなかったら、すまん）

そして、今、この丸ごと大豪快《だいごうかい》な地球《せかい》で、ヤマト・マーベリックは、ただ一人の繊細な都会人なのだ。

ご愁傷様《しゅうしょうさま》という他はない。

おまけに、ヤマトが唯一頼《ゆいいつたよ》りに出来る人間というのが、よりによって〈口先男〉のスリムときてる。

「あああ。やっぱり、こんな任務《にんむ》、志願《しがん》するんじゃなかった〜っ」

「なんだ、その失礼なリアクションは」

スリムは、横を向いて、ぶつくさ呟《つぶや》いた。

ヤマトの反応は、スリムが『全然頼りにならない』と言ってるのも同然だからだ。

「見てろよ。……こんなとこ、たちまち脱《ぬ》け出して、『あっ』と言わしてやるからな」

＊

翌朝。

ずらりと並んだ銃口《じゅうこう》の前で『あっ』と言ったのは、もちろんスリムの方だった。

うかつな話だが、スリムは、自分たちも処刑者《しょけいしゃ》のリストに入っていることに、その時まで、まったく気がついていなかったのだ。

「ちょっと待て！　ここの軍隊じゃ、酔《よ》って騒《さわ》いだぐらいのことで、人を銃殺《じゅうさつ》するのか？　おりゃー聞ーてねーぞ！」

「すまねえ、大将」

スリムの左隣《ひだりどなり》に立つゲルナーが、歯ぎしりするみたいな声で、言った。

「あんたを巻き込むつもりは、なかったんだが……。どうやら、夕《ゆん》べは、ちっとばかし、やりすぎちまったらしい」

ゲルナーの険《けわ》しい視線の先には、うれしげに銃殺隊《じゅうさつたい》の指揮《しき》を執《と》る、ウィンターズ少尉《しょうい》の姿があった。

「貴様《きさま》ら、銃《じゅう》の手入れは、ちゃんと済《す》ませて来ただろうな？」

聞こえよがしの嫌味《いやみ》な声だ。

ウィンターズは、兵士の一人一人から銃を受け取ると、ボルトを操作《そうさ》して、薬室（チェンバー）に汚《よご》れがないかを一々確かめて回っている。何事もきちんとしてないと気がすまない性分らしい。

「きちんと手入れされた銃で、きちんと銃殺されるってわけか。ありがたいね」

そう言って、ゲルナーが足元の砂に唾《つば》を吐《は》いた。

すでに覚悟《かくご》を決めているのか、あまりあわてた様子《ようす》もない。このゲルナーという男。度胸だけはあるようだ。

「冗談《じょうだん》じゃねえ！」

一方のスリムは、後ろ手に縛《しば》られたまま、足の数が十八本ぐらいに見えそうなその場かけ足をしながら、言った。

「俺《おれ》は、百三十歳の誕生日に、県知事から紫色《むらさきいろ》の座布団《ざぶとん》をもらうことになってるんだ！　こんなとこで死んでたまるか！」

「こんな任務、志願するんじゃなかったよ～ん。よ～んよ～ん」

列のどこかからは、ヤマトの情けな～い声も聞こえてくる。

——まだ言ってやがる。

スリムは、自分のことは棚《たな》に上げて、ちょっとばかしの優越感《ゆうえつかん》を味わった。

その日、銃殺されることが決まっているのは、スリムを含《ふく》めて合計十一名。全員が砂漠《さばく》に掘《ほ》られた穴の前に整列させられ、その時を待っているのだった。

そして、スリムたちの正面には、二十名ほどの兵士が、捧銃《ささげつつ》をしたまま、やはりその時を待っていた。

兵士たちが手にしているのは、三八式機動歩兵銃《パワーブラスター》。

別名〈アリサカ・ビームライフル〉。

一発撃《う》つごとに、チャージング・ハンドルを引いて、排莢《はいきょう》と装塡《そうてん》を行うタイプの、年代物の歩兵銃だが、信頼性《しんらいせい》は高い。また、着剣《ちゃっけん》しての白兵戦では、銃身《じゅうしん》の長さがアドバンテージとなる。

使用されるIG薬莢（火薬の爆発力《ばくはつりょく》を利用して瞬間的《しゅんかんてき》に高電圧を発生させるインパクト・ジェネレーター）の出力は0・65メガジュール。

すでに、実戦シーンからは引退していたが、葬儀《そうぎ》や式典の時の〈礼砲《れいほう》〉として、いまだに使われ続けているのは、無粋《ぶすい》な自動火器よりも、こちらの方が絵になるからということの他《ほか》に、もうひとつ、ちゃんと銃声《じゅうせい》がするということが、重要な要素のひとつとなっていた。

銃殺刑《じゅうさつけい》に三八式が用いられるのも、ほぼ同じ理由からだ。

しかし、殺される側にとっては、たいした違《ちが》いはない。

やがて、準備がすっかり整うと、銃殺隊《じゅうさつたい》の列からウィンターズが一人離れて、こちらに近づいて来た。

実にもったいぶった足取りである。

ウィンターズは、正確にゲルナーの真《ま》ん前《まえ》で立ち止まると、口の端《はし》をゆがめた。……笑ったらしい。

「どうだ？　最後に言い残すことがあれば、聞いてやらんでもないぞ？」

「んじゃ、アスピリンと水を頼《たの》むわ。二日酔《ふつかよ》いで頭が痛くってしょーがねーんだ」

と、ゲルナーは答えた。

驚《おどろ》いたことに、囚人《しゅうじん》の列から笑い声が起こった。

泣き言を期待していたに違いない。

ウィンターズの表情が、それとわかるほど凶悪《きょうあく》なものに変化した。

——こりゃーいかん。

スリムは、初めて絶望的な気持ちになった。

この期《ご》に及《およ》んでなお、スリムは、ウィンターズが突然《とつぜん》『うそぴょん』とか言い出すんじゃないかと疑っていたからだ。

まったく、どこまでおめでたく出来ているのか、底知れない男ではある。

——くそー。シャラのやつ、何やってるんだ？

あいつ、まさか、本気で俺《おれ》よりカニを選んだんじゃ——。

スリムは、ちらりと空を見上げた。

そこでは〈パンタグリュエル〉が、艦首《かんしゅ》を風上に向けて〈フライト・オペレーション〉の真《ま》っ最中《さいちゅう》だった。

カニの街〈エルブランカ〉を目指《めざ》して、先触《さきぶ》れの艦載機《ポイゾン》が、次々と発艦《はっかん》して行く。

本来、彼らの役割は、目的地の上空を制圧し、後続する本隊の安全を確保するというものだが、今回は、戦時とは少し違う任務を帯《お》びていた。——カニ鍋《なべ》五万人分の確保と、値引き交渉《こうしょう》がそれである。

そのため、何機かの〈ポイゾン〉は、後席にレーダー迎撃《げいげき》士官ではなく、お客さん（渉外《しょうがい》担当将校）を乗せて飛んでいるはずだ。

「あー。死ぬ前に一度、全裸《ぜんら》の美女百人に囲まれて、カニを食ってみたかった！」

スリムは、滂沱《ぼうだ》した。

「小隊、構え！」

そして、ついにウィンターズの号令が、スリムの耳に飛び込んで来た。

「狙《ねら》え！」

それを合図に、スリムの頭の中で、『水戸黄門《みとこうもん》』のテーマ曲と共に、人生の走馬燈《そうまとう》がぐるぐる回り始めた。——幼い頃《ころ》の、淡《あわ》い初恋《はつこい》の思い出から始まって（中略）ほとんど災難《さいなん》に近いコロナとの出会いまで。それはもう、ぐ〜るぐ〜ると……。

「撃《う》て！」

一斉射撃《いっせいしゃげき》の音は、高い砂漠《さばく》の空に吸い込まれ、ほとんど残響《ざんきょう》もなく消えていった。

そして……。

「死んでます」

スリム、続いてゲルナーの首筋に指を当てながら、兵士の一人が、ウィンターズにうなずいてみせた。

青白いウィンターズの頰《ほお》が、わずかに紅潮《こうちょう》した。——思い知ったか、この虫ケラめ！

ウィンターズは大声で叫《さけ》びたかった。倒《たお》れたゲルナーの頭を踏《ふ》みつけながら高笑いをしたら、どんなに気分がすっきりするだろう。死体に唾《つば》を吐《は》きかけ、かんかんのうを踊《おど》らせ、最後にお尻《しり》ペンペンをして、思いきりゲルナーを嘲《あざわら》ってやるのだ。

しかし、と、ウィンターズは思い直した。

名誉《めいよ》ある帝国軍《ていこくぐん》の士官として、そんな下卑《げび》た真似《まね》はできない。特にお尻ペンペンは、いくら何でもやりすぎだ。品位に関《かか》わる。

ウィンターズは、つい笑み崩《くず》れそうになる口元を、きりりと引き締《し》めて、言った。

「手厚く葬《ほうむ》ってやれ」

そして、近くに待機させておいた〈ポイゾン〉に向かって、足早に歩き始めた。こみ上げてくる笑いを必死でこらえながら。

「どうかされましたか、少尉《しょうい》？」

埋葬《まいそう》の手を止めて、兵士が訊《たず》ねた。

ウィンターズが、途中《とちゅう》で引き返して来たからである。

ウィンターズは答えなかった。

数分後。

笑い続けるウィンターズを乗せた〈ポイゾン〉は、轟音《ごうおん》を残して〈パンタグリュエル〉に引き揚《あ》げて行った。

一人の兵士が、あきれた顔で上空を見上げながら、言った。

「何だかんだ言って、やること全部やって行ったなあ。あの少尉」

「まさか、お尻ペンペンまでするとは思わなかったけどな」

別の兵士が、うなずいてみせた。

その時。

足元の地面が突然《とつぜん》盛《も》り上がったかと思うと、中から砂まみれの男が飛び出して来た。

死んでいるはずの男は、遠ざかりつつある〈パンタグリュエル〉に向かって、元気に拳《こぶし》を振《ふ》り回しながら、叫《さけ》んだ。

ゲルナーだ。

「覚えてやがれ、このスットコドッコイ！　今度会ったら、ただじゃおかねえからな！」

「死体がそんなに元気じゃ、葬儀屋《そうぎや》が困るんじゃない？」

その笑いを含《ふく》んだ声は、背後から聞こえてきた。

ゲルナーは、声の主を振り返ると、頭に手をやりながら、照れたような苦笑いを浮《う》かべてみせた。

「いや〜、面目《めんぼく》ねえ。今度ばかりは、俺《おれ》も年貢《ねんぐ》の納め時かって覚悟《かくご》したんだが……。あんたのおかげで助かったよ。礼を言うぜ。この通りだ」

「ああ。お礼なら、あっちに言ってよ」

いったい、どんな小ずるい手を使ったのやら。――頭のてっぺんから爪先《つまさき》まで、すっかり〈パンタグリュエル〉の乗組員の軍装に身を固めたシャラが指差した先に、同じ恰好《かっこう》をしたコロナが、むす〜っとした顔で立っていた。

コロナの顔には、マジックで悪戯《いたずら》されたような口髭《くちひげ》が描《か》いてあった。

そんな命知らずな真似《まね》ができる人間は、世界広しと言《い》えども一人しかいない。

シャラは、くすっと笑って言った。

「うまくいったんだから、もう少しうれしそうな顔したら？」

「その前にちょっと聞くが、こんなもん、本当に描《か》く必要があったのか？」

「おかげでバレなかったでしょ？」

シャラはすまして答えた。

納得《なっとく》できない。という顔つきのコロナをそのままにして、シャラは、わざとらしくあたりを見回した。

「で、と。——あの馬鹿《ばか》は、どこいったのかしら？」

「スリムの旦那《だんな》なら、こちらですぜ」

「まだ気絶してるわけ？　だらしのない」

シャラは、砂の上に倒《たお》れたまま動かないスリムの傍《かたわ》らへ足を運んだ。

気を失っている奴《やつ》が、もう一人いた。

ヤマトである。

「どっかで見たような？」

シャラが首をひねっていると、スリムが目を覚《さ》まして、妙《みょう》な声を出した。

「あれ？」

「今、お目覚《めざ》め？　コーヒーか朝刊をお持ちしましょうか？」

「シャラ……？」

スリムは、ぼ〜っとした顔で、シャラを見上げている。

シャラが身に着けている軍服と、シャラが手にしている三八式機動歩兵銃《パワーブラスター》……。

「あ……っ！」

スリムは、不意に何かを思い出したらしく、あわてて自分の体に穴が開いてないかどうか、調べ始めた。自慢《じまん》のスーツに、黒い焼けこげはついていたが、それだけだった。

「どうなってんだ、こりゃあ？」

「火薬の量をね、あらかじめ加減しておいたってわけで。へっへっへ」

どこか見覚《みおぼ》えのある兵士が、横から顔を出して得意げに笑った。

――そうだ。〈パンタグリュエル〉の船倉で、シャラに身ぐるみ剝《は》がれてた奴《やつ》らの中にいた顔だ……。

よく見ると、銃殺《じゅうさつ》に関《かか》わった兵士全員が、そうだった。着ている物はパンタ乗組員のそれだが、中身が日向《ひなた》くさい。

「すり替《か》わったのか？」

「バクチの負けをチャラにしてやると言われたら断れませんや」

また別の兵士が、そう言うと、周囲でどっと笑い声が起こった。

「元の中身はどうした？」

「さあてね」

兵士たちは、互《たが》いに顔を見合わせて、にやにや笑った。

「一応、パラシュートだけは付けておいてやったよな？」

「どうだったかな？」

「なんせ急いでたんで、中にゃ付けるの忘れた奴《やつ》もいたかも……」

「やれやれ。航行中の艦《ふね》から放り出したのか？　気の毒に」

そう言うスリムの顔にも、兵士たちと同じ表情が浮《う》かんでいる。

「まあ、たまにゃ、俺《おれ》らと同じ地上部隊の苦労を味わってみるのも、いい経験でさあ」

「それにしても、よくバレなかったなー」

「バレたらバレた時のことっスよ、旦那《だんな》」

「どーせもう軍隊にゃ未練もねえし」

「それに、あの少尉《しょうい》の野郎《やろう》は、絶対に、俺たち下っぱの顔なんざ覚えてねえ。いや。覚える気さえねえって踏《ふ》んでたんで……」

「ま。事実、その通りだったってわけだけど」

と、最後にシャラが締《し》めくくった。

すかさずコロナがシャラの胸ぐらをつかんで、言った。

「じゃあ、やっぱり、こんなもん描《か》く必要なかったんじゃねーか！　てめー、おれをオモチャにして遊んでただけだな？」

「だって、面白《おもしろ》いんだもん」

「てめっ。いけしゃーしゃーと！」

「まあまあまあまあ」

とっさに二人の間に割って入った男が、コロナの顔を一目見て、思わず「ぷっ」と吹《ふ》き出した。

コロナは、男を容赦《ようしゃ》なく張り倒《たお》した。

その男がコロナに殴《なぐ》られるのは、実は、これで二度目だった。

コロナも、そのことに（殴った後で）気がついたらしい。

地べたで平たくなったヤマトの襟首《えりくび》をつかんで持ち上げながら、コロナは言った。

「こいつ、誰《だれ》だっけ？」

「さあ、誰だったかねえ」

スリムは、そう言って、ため息をついた。

——ほんとに、間《ま》の悪い奴って、いるもんだよなあ。

「さーてと！」

シャラが、ぱんと手を叩《たた》いて、皆《みな》の注意を促《うなが》した。

「いつまでも、こんなとこで、ぐずぐずしてらんないわよ！　日没《にちぼつ》までにエルブランカに着かないと、せっかくのカニを食べそこなっちゃう！」

「おお。走れメロスっすね！」

燃えるシチュエーションが好きなゲルナーが、うれしげな顔をしてみせる。スリムは、言った。

「おいおい。まだカニを諦《あきら》めてなかったのか？」

「当ったり前でしょ。何のために、こんな手の込んだ芝居《しばい》をしたと思ってんの？　ただ、あんたたちを助けるだけなら、コロナとガルちゃんを解き放てば、それですむじゃない」

「解き放つって、おれは怪獣《かいじゅう》か？」

コロナの抗議《こうぎ》は、残念ながら、誰《だれ》にも取り合ってもらえなかった。皆、心の中で『うんうん』とうなずいていたからだ。

スリムが、あたりを見回しながら、言った。

「そう言や、ガルちゃんは？」

「あそこ」

シャラが指差した先には、徐々《じょじょ》に遠ざかりつつある〈パンタグリュエル〉の艦影《かんえい》が、かすかに浮《う》かんでいた。

＊

『ああ。ウチは世界一不幸な機動兵器や……』

〈パンタグリュエル〉の艦底《かんてい》に、ヤモリのようにしがみついているガルディーンが、現在の心境を、ボリュームレベル2で音声出力した。

計画がバレた時の備えとして、いつでも乱入できる場所で待機しておくように、昨夜、シャラから言われて、ずっとここにしがみついていたのである。

光学系の視覚《センサー》には、遥《はる》か下の砂漠《さばく》に、コロナたちの姿が豆粒《まめつぶ》のように映っている。（倍率×1）

どうやら、ガルディーンの出番は、ないらしい。計画は、うまくいったようだ。

『それはいいんだけど、いつまで、こうしてなきゃいけないんだろう？』

だんだん不安な気持ちになるガルディーンであった。

＊

「案外、誰も気がつかないもんよねー」

感心、感心。

小手をかざして空を見上げながら、シャラが無責任な口調《くちょう》で言った。

「あのまま放っとくのか？」

「あの高さから飛び降りても大丈夫《だいじょうぶ》だと思う？」

「俺《おれ》に聞くなよ」

と、スリムは苦笑した。

「それに、いざって時は、飛び降りさせるつもりだったくせに」

「あら、それは……。もしかしたら、地面に着くまでの間に、翔《と》び方を思い出すかもしれないって思ったからじゃない。だって、一回はできたんだもの」

「今思いついた理屈《りくつ》だな、そりゃ」

スリムが冷静に指摘した。

「でも、試《ため》してみる価値はあるか……。ガルちゃんが翔べるようになったら、便利いいし」

「壊《こわ》れたら元も子もないけどね」

「うん。こういうことは、飼い主が決めるべきかもな」

スリムは、コロナを目で捜《さが》した。

ヤマトが土下座《どげざ》して、重ね重ねの非礼を詫《わ》びている現場にコロナはいた。周りを取り囲んだ兵士たちも、何やらヤジを飛ばして楽しんでいる様子《ようす》だ。

「コロ……」

スリムは、開きかけた口を一旦《いったん》閉じると、シャラを脇《わき》へ呼んで、小声で囁《ささや》いた。

（おい。あの連中、コロナちゃんの正体を知ってんのか？）

「知ってるも何も、あいつらは、もうれっきとしたフレイヤー家の家臣……。いや、どっちかって言うと、コロナ自身の熱烈《ねつれつ》なファンってとこかしらね」

シャラは、くすくす笑った。

「正体を知った時の、あいつらの顔ったら」

「コロナちゃんて、みょーにあの手の連中に人望があるよな〜。この前は山賊《さんぞく》で、今度は独立愚連隊《ぐれんたい》か？」

「口は悪いし、手は早いし」

と、シャラもうなずきながら、言った。

「愛想笑《あいそわら》いなんか絶対にしない娘《こ》なのにね」

「誰《だれ》の口が悪いって？」

そう言いながら近づいて来るコロナの後ろには、ゲルナーを筆頭としたガラの悪い連中が、まるでボディーガードのように、ぞろぞろくっついている。

「大将も人が悪《わり》ィや」

ゲルナーは、スリムの顔を見つけると、まっ先に言った。

「こちらさんがフレイヤーの姫君《ひめぎみ》だなんて。こちとらちっとも知らねーもんだから、とんだ冷《ひ》や汗《あせ》をかいちまった」

「いや。だって、そりゃ、昨日まで敵だったわけだし……」

口の達者なスリムも、さすがに返答に窮《きゅう》していると、横から別の兵士が、

「へっへっへ。旦那《だんな》旦那。上の奴《やつ》らはともかく、俺《おれ》らの間じゃ、姐《あね》さんの隠《かく》れファンは、けっこう多いんですぜ?」

「馬鹿野郎《ばかやろう》。姐さんなんて気安く呼ぶんじゃねえ!」

間髪《かんはつ》を入れずゲルナーの鉄拳《てっけん》が飛んだ。

兵士は、空中に鼻血の帯《おび》を曳《ひ》いて、砂丘の向こうへ消えた。

ゲルナーが話を引き取って、こう続けた。

「前に〈ますこみ族〉がアルタームで流した映像。覚えてらっしゃいますかい? 実は俺たちも、皆、兵舎ん中で、あれを観《み》てたってわけで」

「ファンクラブも作ったんですぜ? これが会誌で、よかったらひとつ、ここんとこにサインを……」

砂丘の向こうから大急ぎで戻《もど》って来た兵士を、赤い顔をしたゲルナーが、再び砂丘の向こう側に(それも、今度は山二つ向こうまで)ぶっ飛ばした。

「いや。どうにも、こっ恥《ぱ》ずかしい話で」

本気で照れているらしい。

ゲルナーは、しきりと首筋の汗《あせ》を拭《ぬぐ》った。

スリムが、シャラの耳に口を近づけて、そっと言った。

（こんなんで、あそこの軍隊は、本当に大丈夫《だいじょうぶ》なのかね？　他人事《ひとごと》ながら心配しちゃうぜ、俺）

（まーねー）

と、シャラも肩《かた》をすくめた。

コロナが、スリムに言った。

「おれに何か用じゃなかったのか？」

「あ。そーそー」

スリムは、上空を指差しながら、簡単に事情を説明した。

今では〈パンタグリュエル〉の艦影《かんえい》も、ずいぶん遠くなっている。

果たして、この距離《きょり》でコロナの声が届くのか？

しかし、そんな心配は無用だった。

ガルディーンはコロナの唇《くちびる》の動きを読めるからだ。

「翔《と》べ、ガルディーン！」

コロナが叫《さけ》んだ。

とたんに。

〈パンタグリュエル〉の艦底《かんてい》から黒い影《かげ》が分離《ぶんり》して、空中にその姿を投げ出した。

上から下へ。

その場にいた全員の視線が、まったく同じ動きをした。

垂直の動きだった。

最後の瞬間《しゅんかん》には、思わず目を閉じてしまった者も多かったのではないか。

遥《はる》か彼方《かなた》で舞《ま》い上がった砂塵《さじん》の量は、霞ヶ関ビル三十杯《ぱい》分は、ゆうにあった。

＊

「派手《はで》な着地だったよな〜」

無事にコロナたちと合流を果たしたガルディーンに向かって、スリムが、つくづくと言った。

ガルディーンが地球と激突《げきとつ》してから、小《こ》一時間ほどの時が経過していた。

落下地点から走って来るのに、それだけの時間が必要だったのである。

シャラもうなずいて、

「ほんと、派手。上の連中が、そのまま行っちゃったのが不思議《ふしぎ》なぐらいだわ。……あんな大きなクレーターが出来てるのに」

「パンタの奴《やつ》ら、カニのことで頭が一杯で、きっと前だけしか見てなかったんでさ」

と、ゲルナーが笑った。

「お気の毒」

シャラは、誰《だれ》にともなく、そう呟《つぶや》いた。

一方、コロナのご意見は、例によってシビアである。

「おれは翔べと言ったんで、落ちろと言ったんじゃねえ！」

『すいません。一生懸命《いっしょうけんめい》、羽ばたきしてみたんですが……』

と、間抜《まぬ》けな言い訳をしているガルディーンの横では、ヤマトが一人、ひそかに興奮《こうふん》を抑《おさ》えかねていた。

――すごいっ。我が国（植民星《しょくみんせい》）にも人工知能を搭載《とうさい》したロボットはあるが、せいぜいカタ、カナで喋《しゃべ》るのが精一杯《せいいっぱい》。それなのに、この巨大《きょだい》な機動兵器は、楽々と普通《ふつう》の会話をこなした上に、謝《あやま》る時にはぺこぺこするという動きまでもが、あらかじめきちんとプログラムされている！

いったい、どんな科学力が、これほどの兵器を地上にもたらしたのか？　いや、そもそも何の必要があって、兵器にそんな機能まで加えたのか？

植民星で高度な教育を受けたはずのヤマトですら、見当もつかなかった。

ましてや、ゲルナーたちに至っては、ガルディーンのことを『金属製の鎧《よろい》をいつも着ている、体のデカい旦那《だんな》』だと思い込んで、しかも、それで納得しているふしさえある。

そういう意味でも、一目見ただけで、ガルディーンを〈機械《マシーン》〉だと見抜《みぬ》き、その製造技術の高さに気づいたヤマトは、さすがと言えるだろう。（むしろ、そっちが普通で、ゲルナーたち

の方こそ、どうかしてるという説もあるが、それはともかく)

ヤマトは、スリムの腕《うで》をつかまえると、声をひそめて言った。

「スリムさん、あ、あの〈機械〉は?」

「ああ? ガルちゃんが、どうかしたのか?」

「がるちゃんと言うんですか? あれは、いったいどこで誰《だれ》が製造……」

「知らねー」

スリムは、ヤマトのセリフを皆《みな》まで聞かずに、あっさり切り捨てた。ヤマトと違《ちが》って、スリムには、技術的な好奇心《こうきしん》など、まるでなかったからだ。

そして、後にわかることだが、シャラやコロナも、その点についてはまったく一緒《いっしょ》だった。

コロナなどは、はっきりと言ったものだ。『喋《しゃべ》る機械の、どこがそんなにすごいんだ?』と。

『昔、うちの城にあったTVも、よく喋ってたぞ?』

「そんなことより、カニだ、カニ!」

「あっ。ちょっと……」

呼び止めようとして伸《の》ばした自分の右手を、ヤマトはじっと見つめた。

働けど働けど……。

——どうも、ここの人たちとは、うまくやっていけないような気がする。

すっかり自信をなくしたヤマトは、この先に待ち受けているであろう、理不尽《りふじん》な苦労の数々を明確に予感して、ため息をついた。

そして、一刻も早く〈ゆうばり〉が迎《むか》えに来てくれることを、神に願った。

ヤマトが〈ゆうばり〉の轟沈《ごうちん》を知るのは、それからわずか数日後のことである。

「でも、今は、カニよ、カニ！」

シャラの声が、まるで何かの合図だったかのように、その音は聞こえてきた。

パパラ、パパラパ、パパラパパ〜。

地平線の彼方《かなた》を見つめていたゲルナーが、にやりと笑って言った。

「やっと来やがったか、あいつら」

「何だい、あの音は？」

スリムが、不安げに、あたりをきょろきょろ見回した。

それは騒音《そうおん》でもあり、また同時に旋律《せんりつ》でもあった。

パパラ、パパラパ、パパラパパ〜。

どんどん近づいて来る。

ついにシャラが叫《さけ》んだ。

「こっ、このメロディは……っ!?」

「ゴッドファーザー、愛のテーマ……!?」

そして、砂塵《さじん》を切り裂《さ》きながら、真紫《まむらさき》にペイントされた機動兵器が飛び出して来た。

シャコ短に竹槍《たけやり》マフラー。

大型のチン・スポイラーとオーバー・フェンダー。

軍のサープラス（放出品）ショップあたりで手に入れたのだろう。エア・クッションで浮《う》かぶ高速陸戦タイプのその機動兵器は、全身を、特注品らしいエアロパーツで、げてげてに鎧《よろ》っていた。

おまけに、背中の竹槍には『武洲聯合《ぶしゅうれんごう》』だ『魅無蠱髏死《みなごろし》』だのと書かれた旗が、へんぽんとひるがえっている。

「ぼ、暴走機動兵器族……!?」

スリムの顎《あご》が落っこちる音は、遠くアルタームまで鳴《な》り響《ひび》いたに違《ちが》いない。

「機動兵器をシャコ短にして、どういう意味があるんだろう？」

ヤマトの素朴《そぼく》な疑問に耳を貸す者は、ここには誰《だれ》ひとりいなかった。

コロナたちが半口を開いて見守る中、派手《はで》な塗装《とそう》と改造を施《ほどこ》したマシンの列は、途切《とぎ》れることなく続いた。

その中には、ボンネットからスーパーチャージャーをはみ出させた、マッドマックス仕様《しよう》の野戦ピックアップや、パネルに毘沙門天《びしゃもんてん》を描《か》いた電飾《でんしょく》トラックまで加わっていて、あたりは、さながらお正月の河口《かわぐちこ》湖料金所みたいな状態だった。

「これだけ集まると壮観《そうかん》ね〜」

シャラが、感嘆《かんたん》の声を上げた。

「自分は、もともと、この近くの生まれでしてね」

と、ゲルナーが、言った。

「まあ、その関係で、このあたりを縄張《なわば》りにしてる族連中には、ちっとばかし顔が利《き》くんでさあ」

「総長！」

先頭を切る紫色《むらさきいろ》のマシンから飛び降りて来た特攻服《とっこうふく》姿の若者が、ゲルナーの前で最敬礼して、言った。

「お迎《むか》えにあがりました！」

「久しぶりだなあ、リオ。——どうだ、セクシャル・バイオレット1号の調子は？」

「総長からお預《あず》かりした大事な機体っすから、そりゃあもう整備はバッチリっす」

リオと呼ばれた若者は、得意げに胸を張ってみせた。

——セクシャル・バイオレット1号。

くらっとするようなネーミングのセンスだとシャラは思ったが、口には出さないでおいた。

ゲルナーは、コロナに向き直ると、うやうやしく頭を下げて言った。

「さあ。どうぞ乗ってくだせえ。——こいつなら、エルブランカまでは、あっと言う間。それに、道中は、自分らが生命《いのち》に代えてお守りいたしやす」

「おい。シャラ……？」

コロナは、ちょっと困ったような顔で、シャラを振《ふ》り返った。話の展開が急すぎる。

「後続の兵站部隊《へいたんぶたい》に拾ってもらう手筈《てはず》になってるって、あの少尉《しょうい》は言ってたけど、そんなもん当てになるわけないでしょ？」

と、シャラは、肩《かた》をすくめてみせた。

「だから、彼のコネを利用させてもらうことにしたわけ」

「皆《みな》さんのお車も用意してありますんで、どうぞご安心を。そちらのデカい旦那にゃ、ちょいと窮屈《きゅうくつ》かもしれやせんが……」

「細くなって乗りゃあいい」

そう言って、コロナが微笑《びしょう》した。

「だろ？」

＊

歴史は時として劇的な演出を好む。

その日の夕刻、エルブランカの中心に建つ五万人収容の『カニ道夢《どうむ》』の屋根の下で、多数の歴史的人物が、本人たちはそれと気づかないで一堂に会していた。

「お相席《あいせき》になりますが、それでもよろしゅうございますか？」

「かまへん。かまへん」

バニラは、広大な店内を見渡《みわた》しながら、言った。

「いや〜、商売繁盛《はんじょう》で何よりやなあ」

「今日は、大口の団体さんが、お見えになったものですから……。あ、お履《は》き物は、そちらで」

「和室かい！」

ファッジが、小声でツッコミを入れる。

店員は、にっこり笑って、

「八千畳《じょう》半一間《ひとま》です」

「おーい、ねえさん。お銚子《ちょうし》追加」

「はーい。ただ今お持ちします」

「それにしても、よくまあ都合《つごう》よく、五万人も入れる店があったよなあ」

レーベンブロイの声だ。早くも、ろれつが怪《あや》しい。

「最近、〈塩の湖〉に、ずいぶん色んな人が集まるようになりましてね。それで増築したんですの」

女将《おかみ》らしい女性が、上品に「ほほほ」と笑った。

「観光客かい？」

「さあ、それは……」

「兄《にい》さん、兄さん」

カニの足を咥《くわ》えたヤマトの袖《そで》を、店の若い衆が引っ張った。

「たしかな埋蔵金の地図があるんだが、買わないか？」

「は？」

「なんでも、そこの〈塩の湖〉にゃ、フレイヤー家再興のための軍資金《おたから》が眠ってるって、もっぱらの評判でな。埋蔵金《まいぞうきん》探しの連中が、そこら中から集まって来てるんだ。知ってるだろう？」

「いえ。でも、あの……」

「安くしとくぜ？　絶対に間《ま》違《ちが》いのねえ地図なんだ」

「あ痛てててて」

スリムの悲鳴が聞こえた。

テーブルの下で、向こうずねをイヤってほど蹴飛《けと》ばされたのである。

「何すんだよー、シャラ」

「あんたでしょ？」

「何が？」

「とぼけるんじゃないわよ。フレイヤー家の埋蔵金なんていいかげんなネタを思いつくのは、あんたぐらいのもんよ。どーせ〈ますこみ族〉あたりに売ったんでしょ？　いくらで売ったの？」

「そりゃー誤解だって」

「そっちのポケット！」

「あっ。おい、こりゃあ、いざって時のために、大事に使わないでとってある、俺《おれ》のへそくり
……！」

「後ろの席は、ずいぶんうるさいな」

アルタミラが、眉《まゆ》をしかめた。

「どうも、こういう乱雑な雰囲気《ふんいき》は、肌《はだ》に合わん」

「うん。でも、カニは美味《おい》しいよ。アルタミラも、早く食べてごらんよ」

「殿下《でんか》〜」

何か言いかけたアルタミラの肩《かた》に、誰《だれ》かがぶつかった。

「あっ、すいません」

特攻服《とっこうふく》を着た若者が、足早に通りすぎて行った。意外と礼儀正しい。

「総長。ウィンターズとか言う野郎《やろう》を見つけましたぜ」

「どこだ？」

「レフトスタンド寄りの３１１７番テーブルです」

「よし」

ゲルナーは、黙々《もくもく》とカニをほじっているコロナに、ひと言断って席を立った。

「ちょっくら失礼します」

コロナは、無言でうなずいた。

カニを前にして言葉はいらない。

いつもは饒舌《じょうぜつ》なガルディーンも、決してその例外ではなかった。

太っ腹な主人の計らいで、その夜のカニ鍋《なべ》には、普段《ふだん》の倍の量のカニが使われていたからである。

無限とも言える時が流れた。

、、、、、。

そして、全員が無口になった。

次回予告

カニ食って、めでたしめでたし。
って、そんなことでいーんかいっ!?
いつから、この物語は〈食いしん坊《ぼう》ばんざい〉
になったんだ!?
次回『王様とタワシ』。
非情の荒野《こうや》に、コロナの必殺剣《ひっさつけん》が炸裂《さくれつ》する!

第二話　王様とタワシ

大弥《だいや》七《しち》

(誤)　~~ガミラス星、デスラー総統府~~。

もとへ。

(正)　連邦《れんぽう》航空宇宙軍、艦隊《かんたい》司令部。

「〈ゆうばり〉が、たったの一撃《いちげき》で轟沈《ごうちん》？　マジっすか？」

「蜂須《マジす》賀《か》小《こ》六《ろく》。——なんちゃって」

白い立派な口髭《くちひげ》をたくわえた、重厚な顔つきの総司令官が、にこりともせずにそう言うと、室内の温度が三度下がった。

集まっているのは、危機管理を担当する植民星《しょくみんせい》政府の官僚《かんりょう》と、三軍の情報将校。ならびにその補《ほ》佐《さ》官《かん》といった面々。

全員そろって『顔にタテ線』状態だ。

百十四人の乗員の生命と共に、貴重な艦《かん》が失われたのである。無理もない。

誰《だれ》かが、うめくような声で言った。

「な、なんということだ……！」

「ああ。まったくひどいもんだ」

と、別の誰《だれ》かがうなずいて、

「マジすかと蜂須賀《はちすか》。すかしか合ってないじゃないか」

「誰が駄洒落《だじゃれ》の話をしてる！」

「お静かに」

状況説明《ブリーフィング》に立った、司令官付きの三等宙佐《ちゆうさ》（女性。言うまでもなく美人）が、壇上《だんじよう》から柔《やわ》らかく制した。

彼女が手元のコントロールを操作《そうさ》すると、部屋《へや》の照明が落ち、マホガニー製の巨大《きよだい》なオーバル・テーブルの中央に、三次元映像が浮《う》かび上がった。轟沈《ごうちん》直前の〈ゆうばり〉のブリッジを記録したものだ。

『使用可能な全《すべ》ての……（雑音）……を主砲《しゆほう》に回せ！　最後の攻撃《こうげき》を行う！』

『し、しかし、それでは艦《ふね》の推力が……』

『構わん。防御《ぼうぎよ》シールドも切っちまえ』

『そんな無茶《むちゃ》な、無茶な、無茶な無茶な無茶な無茶な無茶な……！』

三等宙佐が投影《とうえい》をストップするまで、ユンボ副長の叫《さけ》びはエンドレスで続いた。

「ノイズがひどいな？」

「緊急通信筒《きんきゅうつうしんとう》の損傷が激しく、回収できたのは総データの20%程度です」

「それで？」

「それで……とは？」

「結論だよ！」

一等陸佐《りくさ》の肩章《けんしょう》をつけた男が、手のひらでテーブルを叩《たた》いた。

「これは、戦争と考えていいんだな⁉」

「待ちたまえ。——事は重大だ。軽々に判断すべき問題ではない」

官僚の一人が横から言うと、それに同調する声が方々で上がった。

「その通りだ。何らかの結論を出すにしても、現状では材料が乏《とぼ》しすぎる」

「馬鹿《ばか》な！　我が国の軍艦《ぐんかん》が無警告で攻撃され、百十四人もの乗員が犠牲《ぎせい》となったんだぞ！

これ以上、どんな材料が必要だって言うんだ？」

「先走ってもらっちゃ困る。第一、それを決めるのは君たち軍人ではない。引っ込んでいたまえ」

「何だと？」

一等陸佐が気色《けしき》ばんで席を立つ。

そして、つかみ合いの喧嘩《けんか》が始った。

美人の三等宙佐が、総司令官を振《ふ》り返って、冷静に訊《たず》ねた。

「止めなくてよろしいんですか？」

「ヤマモト君？」

「はい。何でしょう？」

「もう一度、さっきの映像を見せてくれないか？」

「かしこまりました」

『使用可能な全《すべ》ての……（雑音）……を主砲《しゅほう》に回せ！　最後の攻撃《こうげき》を行う！』

『し、しかし、それでは艦《ふね》の推力が……』

『構わん。防御《ぼうぎょ》シールドも切っちまえ』

『そんな無茶《むちゃ》な、無茶な、無茶な無茶な無茶な無茶な無茶な……！』

「ふーむ」

総司令官は、顔の前で両手の指を組み合わせたまま、じっと映像を見つめていたが、やがて、重い口を開いて、言った。

「神宮司《じんぐうじ》君は、どうして犬の恰好《かっこう》なんかしてるんだね？」

「さ、さあ……」

司令部一の美貌《びぼう》で知られるヤマモト三佐《さんさ》の笑顔《えがお》が、軽くひきつった。そんな質問をされるとは想定していなかったからである。

「もしかしたら、〈地球〉到達《とうたつ》を祝って、仮装パーティでもしていたのでは……？」

「なるほど」

と、総司令官はうなずいた。

そして、静止映像の中の神宮司に話しかけるような口調《くちょう》で、言った。

「しばらく会わないうちに、芸風が変わったようだな？」

「それにしても、建国一千年をお祝いする記念事業のはずが、大変なことになりましたわね？」

たしかに大変なことになっていた。

つかみ合いの喧嘩《けんか》だったものが、今やエスカレートして、双方《そうほう》とも重火器を使用し始めていたからだ。

壁《かべ》を弾痕《だんこん》が這《は》い、テーブルは裂《さ》け、天井《てんじょう》を飾《かざ》る高価なシャンデリアは、轟音《ごうおん》と共に砕《くだ》け散った。

総司令官は、どこか遠くを見つめながら、静かに呟《つぶや》いた。

「建国一千年の記念事業か。——まあ、表向きは、そういうことになっとるがな……」

植民星《しょくみんせい》政府は、その開闢《かいびゃく》以来、遺伝子資源の枯渇という問題を常《つね》に抱《かか》えていた。

クローン技術にも限界はある。

今回、予備調査の名目で、最新鋭艦《さいしんえいかん》の〈ゆうばり〉が地球に派遣《はけん》された背景には、ノスタルジックな意味合いの他《ほか》に、もっと切実な理由が隠《かく》されていたのだ。

いで止めろよ！）、言った。
と、総司令官は、目の前で行われている激烈《げきれつ》な近接戦闘《せんとう》を温かく見守りながら（見守ってな
「地球は我々の父祖の地だ。——できれば戦争は避《さ》けたいものだが……」
「どういう結論が出るにせよ」

＊

一方、その頃《ころ》。

カニの街、エルブランカでは……。

「くせ者〜っ！」

次回予告で宣言した通り、朝っぱらから、コロナの必殺剣《ひっさつけん》が炸裂《さくれつ》していた。

「なっ、何事ですか……⁉」

一緒《いっしょ》に朝食のテーブルを囲んでいたヤマトが、腰《こし》を抜《ぬ》かさんばかりにして訊《たず》ねた。

自分のお茶碗《ちゃわん》を大事に抱《かか》え、早くもどこかへ逃《に》げ出す構えである。

「落ち着きなさいよ、みっともない」

シャラは、涼《すず》しい顔で、納豆《なっとう》をかき混ぜている。スリムもご同様だ。

地元の暴走族が手配してくれた宿で、コロナたちは、夕べ、久しぶりに旅の汗《あせ》を流したのだった。

納豆に醤油《しょうゆ》を垂《た》らしながら、シャラは言葉を続けた。

「あんたもあんたよ、コロナ。——ネズミの一匹《ぴき》や二匹で、大騒《おおさわ》ぎしないの」

「ネ、ネズミ……？」

ヤマトが、拍子抜《ひょうしぬ》けしたような顔で、コロナを振《ふ》り返る。

「そんなんじゃねえ」

残心の姿勢から、ゆっくりと刀を鞘《さや》に戻《もど》したコロナが、敵意に満ちた視線をテーブルの上に投げかけた。

次の瞬間《しゅんかん》。ヤマトは、また大声をあげそうになった。

かたり、と小さな音がして、コンニャクの田楽《でんがく》を盛《も》りつけてあった小皿が、まっぷたつになって転がったのだ。

まさに一刀両断。

鮮《あざ》やかな斬《き》り口《くち》である。

さすがのシャラも、これには箸《はし》を止めた。

少し考えてから、シャラは言った。

「コンニャクに何か恨《うら》みでもあるの？」

「コンニャクは嫌《きら》いだ！」

そう主張するコロナの顔つきが、あまりにも真面目《まじめ》なので、シャラは思わず吹《ふ》き出しそうになった。

コロナ。当時、三歳。

今は亡《な》き、父親のガイ〈すちゃらか王〉に連れられて行った、お祭りのお化《ば》け屋敷《やしき》で、濡《ぬ》れたコンニャクに顔面をひと撫《な》でされて以来、コンニャクはコロナ生涯《しょうがい》の敵となったのである！

シャラは、ため息をついた。

「ネズミとコンニャクが嫌《きら》いって、まるでドロンジョさんみたいね」

「コロナちゃ～ん。好き嫌い言ってちゃ、大きくなれないよ～？」

笑いながら言うスリムの肘《ひじ》が、その時、テーブルに軽く触《ふ》れた。

ぴしっ。

テーブルの端《はし》から端まで、一直線に裂《さ》け目《め》が走った。

「しまった」

コロナが、低く呟《つぶや》いた。

「少し力が入りすぎたか……」

次の瞬間《しゅんかん》。

がらがっしゃ～ん！

朝食を載《の》せたテーブルもまた、見事にコンニャクと同じ運命をたどった。

あたり一面、割れた食器やら味噌汁《みそしる》やらが飛び散って、まるで星一徹《ほしいってつ》が通り過ぎたみたいな惨状《さんじょう》を呈《てい》している。

　朝のなごやかな食事は台無しになった。

「コロナ……？」

唯一《ゆいいつ》無事だった納豆《なっとう》の小鉢《こばち》を抱《かか》えたまま、シャラが、モノトーンな口調《くちょう》で言った。

「お願いだから、斬《き》るのはコンニャクだけにしてくれない？　テーブルには罪《つみ》はないわ。もちろん、あたしの塩鮭《しおじゃけ》にも、あ、あ、あたしのお味噌汁にも、あ、あ、あたしの玉子焼きにも、あ、あ、あたしのお新香《しんこう》にも……」

「ちょっと待った！」

珍《めずら》しくスリムがシリアスな声を出した。今年は閏年《うるうどし》だからである。

「いや、そうじゃなくてさ……」

「何なのよ？　さっさと言いなさいよ」

「つまり、斬れたのは、どうやらテーブルだけじゃないようだぜ？」

「え？」

　見ないふりをしようかどうしようか決めかねてるような、スリムの視線の先に、男がひとり倒《たお》れていた。

　頭から味噌汁をかぶり、その上に納豆まで……。

「これが致命傷《ちめいしょう》だな」

スリムが、わけ知り顔でうなずいた。

「ずっとテーブルの下に隠《かく》れてたみたいね」

シャラが、箸《はし》の先で男の体をつんつんしながら、言った。

「でも、なんでそんなことをしてたのかしら？」

「これじゃねえか？」

スリムは、男の手に握《にぎ》られているビデオテープに気がついて、言った。

ビデオテープには、なぜか一本の『風車《かざぐるま》』が添《そ》えられていた。

「風車だ」

コロナが言った。

「風車だな」

スリムもうなずいた。

風車。──その言葉が、まるで真《ま》っ黒《くろ》い雷雲《らいうん》のように、コロナたちの頭上に垂《た》れ込《こ》めていた。

誰《だれ》も、あえて口を開こうとしない。

風車で思い浮《う》かぶ歴史上の有名な人物に、四人そろって、心当たりがあったからである。

やがて、コロナが、ためらいがちに、

「そう言えば、この街に入ってから、ずっと誰かに尾行《つけ》られてるような気がしてたんだが……」

「ようなじゃなかったのかもよ」

「なあ、シャラ。こいつの顔、どっかで見たことないか？」

「夕方四時からの再放送で、とか言うんじゃないでしょうね？　怒るわよ？」

「違《ちげ》ーよ。ほら、こうすると……」

そう言いながら、スリムは、マジックで男の顔に、何本かの皺《しわ》を描《か》き加えた。三十代半《なか》ばの苦み走った男の顔が、一気に老《ふ》けて、六十すぎた爺《じじい》のそれに変貌《へんぼう》する。

とたんに。

「あっ！」

「あっ！」

「あっ！」

「ちょっと待て、ヤマト。――シャラとコロナちゃんが『あっ！』って言うのはわかる。だけど、どうしてお前まで、『あっ！』なんだ？」

「いや、この人ですよ。――夕べ、カニ鍋《なべ》が終わって、宿《ここ》へ案内されて来る途中《とちゅう》……」

喉《のど》の渇《かわ》きを覚えたヤマトは、清涼《せいりょう》飲料水の自動販売機を見かけて、足を止めた。

しかし、あいにくと小銭の持ち合わせがなかった。

その時だ。

『よかったら、こいつをお使いなせえ』

物陰《ものかげ》から突然《とつぜん》現れた男が、ヤマトに小銭を手渡《てわた》して去って行ったのである。

去り際《ぎわ》に、ヤマトは、男がこう呟《つぶや》くのをはっきりと聞いた。

『こんなこともあろうかと思って、用意しておいた小銭が役に立った』

「そうか。夕べ、そんなことが……」

「スリムさんたちの『あっ！』っていうのは、また別口なんですか？」

スリムは、うなずいて、言った。

「こいつは、てなもん屋のオヤジだ」

「てなもん屋？」

「ああ。――荒野《こうや》のど真《ま》ん中《なか》を流してた、屋台のラーメン屋さ。俺《おれ》たちがカルバラクラブから脱出《だっしゅつ》した時、偶然《ぐうぜん》行き会って、コロナちゃんは大盛《おおも》りを十三杯《ばい》おかわりした」

「『大暴力。』第2話。『明日はどっちだ!?』を参照のこと……ってやつね」

シャラが、すかさず営業スマイルを浮《う》かべてみせる。

スリムは、男の死体を見おろしながら、考え深そうに呟いた。

「てことは、あれは偶然じゃなかったんだな。このオヤジが、そういうことも、あ、あ、あろうか、か、か、と思って、あらかじめ屋台を用意して、あそこで待ってたんだ」

「しかも、ご丁寧《ていねい》に変装までしてね」

「じゃあ、今度のこれも……？」

「そう。大方、こ、う、い、う、こ、と、も、あ、ろ、う、か、と、思、っ、て、昨日の夜から、テーブルの下に潜《ひそ》んでたんだろうぜ」

「だけど……」

と、シャラがスリムを振《ふ》り返った。

「こういうことって、一体どういうことよ？」

答えは、ビデオの中にあった。

＊

『てけれっつのぱ』

映像は、いきなり意味不明のセリフから始まっていた。

水玉のナイトキャップに水玉のパジャマ。

日本一と書かれた日の丸の扇子《せんす》。

「何なんだ、こいつ？」

あきれ顔のスリムの横で、コロナが、歯ぎしりするみたいな声で、言った。

「出たな、くそ親父《おやじ》……！」

「お、親父？」

「じゃあ、これ、コロナの父ちゃんなの？」

「相変わらず、チャラけた恰好《かっこう》しやがって……」

生前に録画されたものと思われる、ガイ〈すちゃらか王〉フレイヤーからのメッセージ。

その画面を睨《にら》みつけるコロナの表情は、しかし、口で言うほど険《けわ》しいものではなかった。――少なくとも、ガイが次のセリフを口にするまでは。

『元気でやっておるか、我が息子よ』

どげしっ！

走査線の中に浮《う》かぶ、〈すちゃらか王〉の顔が、白煙《はくえん》を上げて消失した。

コロナが飛《と》び蹴《げ》りを食らわせたのだ。

もちろん、こんなこともあろうかと思って、ビデオが二セット（再生装置も含めて）用意されていたことは、言うまでもない。

『げ、元気そうだな、コロナ……』

ガイは、空笑《そらわら》いをしながら、そっと汗《あせ》を拭《ぬぐ》った。

さすが実の父親である。娘がどういう反応をするか、骨身にしみてよーくわかっているのだった。

『さあ。お約束は、これぐらいにして』

と、ガイは表情を引き締《し》めた。

水玉のパジャマは着ていても一国の王。

それなりの威厳《いげん》はある。

『コロナよ。よく聞くがいい。——お前が、このビデオを観《み》ているということは、我がフレイヤー家は滅《ほろ》び、父もすでに、この世にはないということだ』

『だから、最初にまず言っておく。——仇討《かたきう》ちだの、家名の再興などということは、考えなくていい。人も国も、いつかは滅びるものだ。お前は、お前の人生を、お前の思う通りに生きろ』

「ちょっと遅《おそ》かったわね。仇《かたき》なんか、とっくに討《う》っちゃったもんね？」

シャラが、そう言ってくすくす笑った。

『だが、もしもお前が、あえて世界征服を目指《めざ》すというのであれば……。そうか。やるのか。お前の決意がそこまで固いのなら、仕方がない』

「ちょっと待て！」

と、コロナは叫《さけ》んだが、ガイが待つはずはなかった。ビデオだからということではなく、元々そういう人間なのだ。

『コロナよ。〈ダララッタ〉の塔《とう》へ行け。そこにはフレイヤー家が守り伝えて来た、〈人類の叡智《えいち》〉が全《すべ》て集められていると聞く。きっと、お前の役に立つはずだ。役に立たなかったら、すまん』

「なんちゅーいい加減な」

「しかし、ダララッタの塔？」

「見込み薄《うす》そーな名前」

「まあ、でも、行ってみるしかないだろ？」

「だけど、場所は？」

『むっ？　どうやらヴァルマーの総攻撃《そうこうげき》が始まったようだ』

ガイのセリフと同時に、画面が大きく揺《ゆ》れた。

『残念だが、もう時間がない。さらばだ、コロナよ。塔のありかは、このビデオを持たせた男が心得ている』

「このビデオを持たせた男って？」

「そ、そこで死んでるヤツのことかな？」

「コロナ！　あんたがコンニャクなんかで大騒《おおさわ》ぎするから！」

「うるせえ！　あんなところに人が隠《かく》れてるなんて思わなかったんだよ！」

「しっ。まだ続きがあるみたいだぜ？」

スリムが、画面を指差した。

ガイが言った。

『なお、このビデオテープは自動的に爆発《ばくはつ》する』

「ば、爆発……？」

した。

＊

「あのくそ親父《おやじ》！」

ドリフのコントみたいな髪型《かみがた》になったコロナが、口から白い煙《けむり》を吐《は》き出しながら毒づいた。

宿屋があった場所には、直径二十メートルほどのクレーターが出来ていた。

「お約束ギャグもいいが、まわりの迷惑《めいわく》を少しは考えろってんだ！」

「あんたもね」

横でシャラがぼそっと呟《つぶや》いた。

その声を聞きつけたスリムが、うなずきながら、言った。

「やっぱ父娘《おやこ》だよなあ。血は争えねえや」

二人の視線の先には、コンニャクのとばっちりで生命《いのち》を落とした男の死体が転がっている。

スリムが、国民学校の教科書を読むような口調《くちょう》で、言った。

「男は死んでも風車《かざぐるま》を離《はな》しませんでした、か」

「コロナ。あんた、どうするつもり？　場所、知らないんでしょ？」

「歩いてりゃ、そのうち見つかる」

コロナは、きっぱりと言った。

顔を見れば、コロナが本気でそう考えていることは、あきらかだった。つまり、広い荒野《こうや》をどこまでもどこまでもどこまでも、ひたすらまっすぐに、どこまでも歩くということだ。

シャラは、ため息をついた。

――つき合わされる、こっちの身にもなってほしいもんだわ。

その時である。

『ご心配ご無用』

倒壊《とうかい》した建物の下から、くぐもった声が聞こえてきた。

『こんなこともあろうかと思って、実は三日前から、ずっとここで、出番を待っておりやした』

コロナたちは、無言のまま、お互《たが》いの顔を見つめあった。

絵に描《か》いたような間抜《まぬ》け面《づら》が並んでいる。

やがて、スリムが言った。

「予想しておくべきだったな」

「二本目の風車ってわけね」

と、シャラがうなずいた。

「でも、なんで姿を現さないのかしら?」

その理由は、すぐにわかった。

地面を覆《おお》う瓦礫《がれき》の一部が、何度か盛《も》り上がるように動き、そしてまた静かになった。

再び声が聞こえた。

『すいません。これ、ちょっとどかしてもらえませんか？』

「やれやれ。世話の焼ける」

「どうやら、こんなこともあろうかとは、思ってなかったらしいな」

スリムが、軽い皮肉《ジャブ》を飛ばした。

寸刻の後。コロナたちの手を借りて、瓦礫の下から這《は》い出てきたのは、二十歳《はたち》をいくらかすぎたばかりの、ハンサムな若者だった。――通りの向こうを歩いている後家《ごけ》さんまでが、裸足《はだし》で追いかけて来そうな、甘《あま》いマスクと黒い髪《かみ》。口には薔薇《ばら》の代わりに、色鮮《いろあざ》やかな紅《くれない》の風車《かざぐるま》を、横咥《くわ》えにしている。

少なくとも、並みの神経の持ち主じゃないことだけは、たしかなようだった。

若者は、気取った手つきで前髪《まえがみ》をかきあげると、〈風車の甚八《じんぱち》〉と名乗り、志《こころざし》半《なか》ばにして斃《たお》れた〈風車の宿六《やどろく》〉の、後継者《バックアップ》であることを告げた。

「宿六の次が甚八？　七はどうした？」

「弥七《やしち》という名は、永久欠番なのです」

昔から、フレイヤー家の領内には、代々〈風車の弥七〉を職業とする一族が、なぜか暮らしており、自分は、そこの百八代目であること。血液型はB。星座は天秤《てんびん》。動物占《うらな》いならハムスター。好きな女性のタイプは明るく聡明《そうめい》な方。趣味《しゅみ》はドライブと映画鑑賞《かんしょう》であることなどを、甚八は滔々《とうとう》と説明した。

——口に風車を咥えたまんま、いったいどうやったら、あんな風にべらべら喋《しゃべ》ることができるんだろう?

スリムは首をひねった。

シャラが、言った。

「そんなことよりも、肝心《かんじん》な塔《とう》のありかはどうなの?」

「塔?」

甚八の顔つきを見たとたん、シャラはいやな予感がした。

「その件については、宿六がお話ししたと思いますが?」

「あ〜っ、もうっ!」

シャラは、頭をかきむしった。

一方、コロナはというと、甚八の話には、まるで関心がないらしい。うさんくさそうな顔で、しきりとあたりを見回している。

シャラが気づいて言った。

「あんたは何やってんのよ?」

「いや。まだどこかに、出番を待ってるヤツが、隠《かく》れてんじゃねえかと思ってさ」

Buchi

「試《ため》しに、この役立たずを殺してみればいいじゃない。そしたら、すぐにわかるわ」

シャラの声は、冷凍《れいとう》マグロよりも、もっと冷たかった。

あわてたのは甚八だ。――この人たちなら、やりかねない。

「ちょ、ちょっと待っててください」

道をはさんで反対側に立つ電信柱の陰《かげ》で、甚八は誰かと、何やら打ち合わせを始めた。甚八の身に何かあった時、『こんなこともあろうかと思って』出て来る予定だった〈風車の九太郎《きゅうたろう》〉である。そして、九太郎の後ろには〈風車の十兵衛《じゅうべえ》〉が、やはり『こんなこともあろうかと思って』控《ひか》えており、さらに十兵衛の後ろにも（以下同文）。

かくして、延々と続く人の列は、山を越《こ》え、河を渡《わた》り、その最後尾《さいこうび》は、フレイヤー家の旧領地に存在する〈風車一族〉の村にまで達していた。

甚八の伝言は、すみやかに村とエルブランカの間を往復した。

「わかりました」

うれしげに戻《もど》って来た甚八の手には、一枚のメモ用紙が握《にぎ》られていた。

「宿六のおかみさんが、い、い、い、い、い、い、い、こんなこともあろうかと思って、メモを捨《す》てずにとっておいてくれたんです」

「感謝しなきゃあね。おかげで、生命《いのち》を落とさずにすんだんだから」

シャラが、そのメモ用紙をひったくった。

「ブタバラ三百グラム。ニンジン。タマネギ。ジャガイモ……って、こりゃあ、お買い物メモじゃない！　しかも、メニューはカレーライスだし！」

「いや。その裏です、裏」

「裏あ？」

そこには、鉛筆《えんぴつ》の走り書きで、『滝《たき》の向こう側』とあった。

シャラの手元を覗《のぞ》き込んでいたスリムが、キツネにつままれたみたいな顔を上げて、言った。

「なんだ、こりゃ？」

「つまり、ダララッタの塔《とう》は、滝の向こう側に建ってるって意味じゃないの？」

「でも、どこの滝だよ？　滝なんて、いっくらでもある。これじゃあ、虹《にじ》の根元《ねもと》を掘《ほ》れって言うおとぎ話と同じじゃねえか」

「うっさいわね！　そんなこと、あたしに聞かないでよ！」

「いや、ちょっと待て」

お買い物メモは、癇癪《かんしゃく》を起こして暴れるシャラの手から、コロナの手へと渡《わた》った。

コロナは、そこに書かれている文字をじっと見つめながら、

「親父《おやじ》が、ただ〈滝〉って言ったんなら、そいつは、たぶんあい、あの滝のことだ」

「あの滝？　じゃあ、コロナちゃん、場所を知ってるんだな？」

スリムが、えらく興奮《こうふん》して叫《さけ》んだ。

フレイヤー家の埋蔵金《まいぞうきん》を掘《ほ》り当てて一攫千金《いっかくせんきん》。

スリムの頭の中では、早くもそんなタイトルのついた、おめでたいシナリオが出来上がって、ファンファーレまで鳴り響《ひび》いていた。エンディングは、もちろん、金ぴかの豪邸《ごうてい》で美女百人に囲まれた、スリム・ブラウンの高笑いである。

「わははははは。マンションでも車でも何でも買《こ》うてやるぞ〜っ！」

「何を言ってるんだ、こいつ？」

コロナが、けげんそうな顔でシャラを振《ふ》り返った。

「寝言《ねごと》よ。――きっと夢でも見てんでしょ」

と、シャラは肩《かた》をすくめた。

「だけど、変ですねえ。――この地図には、滝のことなんて、どこにも描《か》いてないのに……」

そう言って、ヤマトが自分のポケットから取り出してみせたのは、『フレイヤー家の埋蔵金に関する覚書《おぼえがき》』と題された一枚の地図だった。

シャラが、あきれ顔で言った。

「あんた、そんなもん買ったの？」

「え？　だって……」

「そんなのニセ物に決まってるでしょ！」

〈塩の湖〉とエルブランカの位置。そして、『ここらへん』と書かれた×印があるだけの、ぞんざいな宝の地図。——フレイヤー家の姫君《ひめぎみ》が、失われた財宝を求めて〈塩の湖〉に向かったらしいという、ただそれだけの情報から、噂《うわさ》が噂を呼び、ついには、こーゆー商売にまで発展したのだ。

「まあ、こんなもん作って売る方も売る方だけど、買うヤツは、もっと馬鹿《ばか》よね〜」

シャラの容赦《ようしゃ》のないひと言が、ヤマトの胸をえぐった。

——馬鹿？　それも太ゴチックで？

太ゴチックの馬鹿は、しかし、ヤマト一人だけではなかった。

＊

「こ、こ、こらへんのはずだよ。アルタミラ」

トロイが、地図を見ながら言った。

〈パンタグリュエル〉は、エルブランカ郊外《こうがい》の『ここらへん』上空で、大きく減速した。

眼下に広がる真《ま》っ平《たい》らな〈塩の湖〉には、大挙して押《お》しかけて来た埋蔵金狙《まいぞうきんねら》いの冒険者《ぼうけんしゃ》たちが、思い思いの場所でキャンプを張っている。とっとと朝食をすませて、穴掘《あなほ》りに余念がない連中も少なくない。

「熱心なことだな」

他人事《ひとごと》みたいな口調《くちよう》で、アルタミラが言った。

トロイが、昨晩、どこからか手に入れて来た『ぞんざいな宝の地図』を、それほど単純に信用する気にはなれなかったからだ。

しかし、世の中には『万が一』ということもある。

もしも地図が本物なら、コロナは必ずこの場所にやって来るはずだ。

それに、コロナよりも先に『埋蔵金《まいぞうきん》』とやらを見つけることが出来れば、軍費の足しになる。

（重要）

アルタミラは、〈パンタグリュエル〉が搭載《とうさい》する全《すべ》てのセンサーを地表探査モードに切り替えるよう命じて、結果の報告を待った。

長く待つ必要はなかった。

「地磁気レーダーに感！」

「重力傾斜《けいしゃ》を確認！　地中に巨大《きょだい》な物体が埋《う》まっているものと思われます！」

「巨大な物体？」

「超音波《ちょうおんぱ》エコーの大きさから見ると、本艦《ほんかん》と同じサイズか、あるいはそれ以上で、何か円盤状《えんばんじょう》のものです」

「深度は？」

「概算《がいさん》で三百メーター」

「いかがいたしましょう、アルタミラ様。地上部隊に命じて穴を掘らせますか？」

「まどろっこしいことは好かん！」

アルタミラの答えは豪快《ごうかい》だった。

「下にいる連中に警報を出せ。〈パンタグリュエル〉の主砲《しゅほう》を使って、表面の土砂だけを吹《ふ》き飛ばす！」

「そんなことをしたら、埋蔵金も一緒《いっしょ》に吹き飛びませんか？」

「出力を抑《おさ》えるよう、主砲塔《しゅほうとう》に伝えろ」

「はっ」

〈パンタグリュエル〉の艦内《かんない》は、にわかにあわただしくなった。

その騒《さわ》ぎを聞きつけたのだろう。眠《ねむ》たげな目をしたレーベンブロイが、艦橋《ブリッジ》に顔を覗《のぞ》かせて、言った。

「朝っぱらから、ずいぶんにぎやかだけど、何かあんのかい？」

「今頃《いまごろ》、ご出勤か？　結構なご身分だな」

「おかげさまで」

アルタミラの嫌味《いやみ》を、サイドステップで軽く躱《かわ》しながら近づいて来たレーベンブロイは、トロイが手にしている地図を見て、思わず足を止めた。

「おい。その地図は、ひょっとして……」

「あ、レーベンブロイさん。おはようございます」

トロイは礼儀正《れいぎ》しい少年だ。

きちんと挨拶《あいさつ》をしてから、レーベンブロイの質問に答えた。

「この地図はですね、夕べ、カニを食べてる時、特別に譲《ゆず》ってくれるって言う、親切な人がいて……」

「しまった」

話を最後まで聞く必要などなかった。

トロイと、その親切な人の間で、どんなやりとりがあったのか、レーベンブロイには、おおよその見当がついたからだ。

アルタミラが、レーベンブロイの呟《つぶや》きを聞きつけて、言った。

「何が、しまったなんだ？」

「その地図だよ。エルブランカのみやげ物屋なら、どこにでも売ってるニセ物だ」

「ニセ物？」

「ああ。誰《だれ》が思いついたのか知らねーが、いい商売さ。——あのお姫《ひい》さん（コロナ）が、フレイヤー家の遺産を探してるって話は事実だしな」

「ちょっと待て。じゃあ、この下に埋《う》まってるのは、いったい……？」

アルタミラが、思わず腰《こし》を浮かせかけた。その時。

『艦首《かんしゅ》ヴァルマー砲《ほう》、発射準備完了《かんりょう》』

艦橋《ブリッジ》のスピーカーから、兵装担当士官の事務的な声が流れ出してきた。

『総員、耐《たい》ショック、耐閃光防御《たいせんこうぼうぎょ》』

「いかん！」

アルタミラは、ただちに発射中止を命じた。

しかし、わずかに間に合わなかった。

＊

「姉《ねえ》ちゃん。――あれ、なんやろ？」

ファッジの声に、バニラが振《ふ》り返った。

二人は、エルブランカの安宿（馬小舎レベル）を、チェックアウトしたばかりだった。

はるか遠い〈塩の湖〉の上空に、ぽつんと浮《う》かんでいるのは、〈パンタグリュエル〉の艦影《かんえい》だ。

そして、その前方に立ちふさがるような形で、巨大《きょだい》なハサミを振りかざしている生き物の姿が望見できた。

世の中には、決して見まちがえようのない物もある。

バニラは、夢の中にいるみたいな口調《くちょう》で、茫然《ぼうぜん》と呟いた。

「カニ……や」

＊

同じ光景は、コロナたちのいる場所からも、はっきりと視認《しにん》できた。

「カニだな」

「カニだ」

コロナが、あきれたように言った。

「あいつら、昨日あれだけカニ食ったのに、まだ足りねーのか？」

「どうも、そーゆーのじゃないみたいよ？」

コロナたちが見守る前で、〈パンタグリュエル〉の艦首《かんしゅ》から、二度三度と白い光の奔流《ほんりゅう》がほとばしり、カニを直撃《ちょくげき》した。

「焼きガニ……？」

「カニは焼いて食うのが一番うまい」

複数のVLS（垂直発射システム）ミサイルが、細い煙《けむり》の糸を引いて上昇し、途中《とちゅう》で一斉《いっせい》に軌道《きどう》を変えて、カニに向かう。

スリムが、首を振りながら言った。

「あーあー。あんなことしたら、せっかくのカニ味噌《みそ》が飛び散って、食えなくなるぞ」

「その前に、カニのエサになっちゃいそうだけど？」

シャラの言う通り。

〈パンタグリュエル〉の攻撃《こうげき》は、ことごとくカニの硬《かた》い甲羅《こうら》に跳《は》ね返され、カニを怒《おこ》らせているだけのように見えた。

かろうじて飛び立った一機の〈ポイゾン〉がカニの爪《つめ》に捕《つか》まり、そのまま口に運ばれて行く。

〈ポイゾン〉はカニの口の中で爆発《ばくはつ》したが、カニは全く気にしていないらしい。

次の獲物《えもの》を求めて、さらに爪を振《ふ》り回している。

ヤマトが、言った。

「地球のカニは、すごいですね。――さすが本家だけのことはある」

「あそこまで育つのは珍《めずら》しいけどな」

と、スリムがうなずいた。

「あっ……！」

コロナが声をあげた。

カニの爪が、〈パンタグリュエル〉を捉《とら》えたのだ。

一瞬《いっしゅん》で艦の上部構造物が吹き飛んだ。とんでもない威力《いりょく》である。

〈パンタグリュエル〉は盛大な黒煙《こくえん》を吐《は》き出しながら、よろめくように戦線を離脱《りだつ》した。

「あの様子《ようす》だと、一旦《いったん》、カルバラクラブまで退《ひ》いて、艦《ふね》を修理しない限り、当分の間、使い物にならないわね」

「カニに感謝しなくちゃいけねーな。労せずして帝国軍《ていこくぐん》を追《お》っ払《ぱら》えたんだから」

「たしかに帝国軍は追い払えた」

と、コロナも同意した。

「でも、カニは誰が追い払うんだ？」

「……」(しーん)

『当法廷《ほうてい》は、被告人《ひこくにん》を第一級殺人の容疑で有罪とし、ガス室による死刑《しけい》を申し渡《わた》す』みたいな沈黙《ちんもく》が、コロナたちの頭上に重くのしかかってきた。

スリムが、ぎこちなく首を回して、街の外に目をやった。

カニは、怒《いか》り狂《くる》っているように見えた。しかも……。

「どんどんこっちに近づいて来てるぞ、おい！」

「あんたは、何の用意もしてなかったの!?　こんなこともあろうかと思うのは得意なんでしょ？」

シャラが、甚八を振り返った。

しかし、あらかじめ、こんなこともあろうかと思っていた甚八は、とっくに姿を消していた。

「あんの野郎《やろう》～」

「そんなことより、ぼくたちも早く逃《に》げましょう」

ヤマトが、駆《か》け足《あし》をしながら言った。

その時。

コロナたちの耳に、おなじみの『ゴッドファーザー』のテーマが聞こえてきた。

「遅《おそ》くなりやして申し訳ありやせん！」

セクシャル・バイオレット1号機から、ゲルナーが飛び出して来て、言った。

その後ろには、ガルディーンを積んだ軍用トレーラーも続いている。

ガルディーンは、リオが所有する機動兵器専門のチューンナップ工場で、点検を受けていたのだ。――例の〈誤作動《ごさどう》〉の原因を探るためである。

しかし、あいにくと、そちらの方は、うまくいかなかったらしい。

トレーラーから降りて来たリオが頭を下げて、言った。

「すいません。やってはみたんですが、まるで歯が立ちませんでした。――現在のものとは、全然違《ちが》う規格で作られてるみたいで。もしかしたら、この旦那《だんな》……」

「そんな話はあとあと！」

シャラが言った。

「とにかく、今は、あいつをどうにかしなきゃ！」

「誰が、あんなもの掘《ほ》り起こしやがったんだか……」

腕組《うでぐ》みをしたゲルナーが、今や間近に迫《せま》ったカニを見上げながら、言った。

「この〈塩の湖〉の下にゃ、一万年も前から生き続けてるカニのお袋《ふくろう》が埋まってて、そのおかげで、こんな砂漠《さばく》の真《ま》ん中《なか》でも、カニが獲《と》れるんだって聞いたことがありやすが、本当だったんすねえ」

「感心してる場合?」

「しかし、〈パンタグリュエル〉の火力も通じねえとなると……」

ゲルナーは、首をひねった。

すると、コロナが何かを思いついた顔で、言った。

「あいつは、カニなんだ」

「は?」

「そうだよ。あいつは、カニだ」

「ええ。そりゃまあ……」

ゲルナーは、不安げにうなずいた。コロナの頭がおかしくなったんじゃないかと、心配してるような顔つきだった。

コロナは、言った。

「俺《おれ》が、ガルディーンでヤツの前に立ちふさがる。——お前たちは、その間に脱出《だっしゅつ》しろ」

「そいつは、いけねえ!」

あわてて止めようとするゲルナーを、シャラが片手で制した。

そして、コロナの目をまっすぐに見つめて、言った。

「OK。まかせたわよ」

コロナは、無言でうなずくと、ガルディーンのコックピットに収まった。

コロナが操縦《そうじゅう》する時のガルディーンは、別人のようにシャープな機動を見せる。堂々。ガルディーンは、カニと正面切って対峙《たいじ》した。

その手の中には、いつの間にか、ガルディーンの身長ほどもある、長大なカニフォークが握られている。神道夢想流（杖術《じょうじゅつ》）。八双《はっそう》の構えだ。

「カニと闘う時にはカニフォーク」

「理屈《りくつ》に合っているような？」

「何か違うような……？」

一方、カニはカニで、やる気満々だった。

だから、目の前に現れた、ちっぽけな機動兵器など、まるで問題にしなかった。

カニは、巨大《きょだい》なハサミを振《ふ》りかざし、ガルディーンに向かって、躊躇《ちゅうちょ》なく突進《とっしん》した。

しかし、カニは自分がカニであることを忘れていた。

カニは横にしか歩けない。

──うおおおっ。なぜだ！　進めば進むほど、敵が遠ざかる！

カニの単純な神経器官では、そのわけを理解することは不可能だった。

カニは、横歩きのまま、カニにあるまじき素晴《すば》らしいスピードで、地平線の彼方《かなた》に姿を消した。

＊

かくして、エルブランカに再び平和が訪《おとず》れた。

しかし、それが真の平和ではないことは、市民の誰《だれ》もが感じていた。

なぜならば、親ガニが去ったはずの〈塩の湖〉では、その後も、カニが獲《と》れ続けたからだ。

いつまた、第二第三のカニが襲《おそ》って来るか、わかったものではない。

横一列に並んで、地平線の彼方《かなた》を見つめるコロナたちを代表して、スリムが言った。

「世の中というやつは、油断ができねえ」

そう。

決して油断することはできない。

コロナたちの足元で、砂色の風呂敷《ふろしき》をかぶって隠《かく》れている〈風車《かざぐるま》の甚八〉も、やはり深くうなずいた。フレイヤー家の領内には、昔から、〈うっかり八兵衛〉を職業とする一族も住んでいることを、甚八だけは、よく知っていたからだ。

次回予告

壮絶《そうぜつ》なカニとの死闘《しとう》を終え、今、戦士たちに一時《ひととき》の休息が訪《おとず》れた。（あんまり壮絶には見えなかったかもしれないが）
しかし、立ち止まることは許されない。
〈ダララッタの塔《とう》〉は、もう目の前だ。
次回、『無敵が俺《おれ》を呼んでいる』
偶然《ぐうぜん》という名の必然が、コロナたちを海へと導く。
『あのー。私、泳げないんですけど？』

＊

と、次回予告も無事《ぶじ》に終わった後で、コロナがガルディーンを振《ふ》り返った。

「ところで」

「お前、そんなもん、どっから持って来た？」

『は？』

言われて初めて気がついたみたいに、ガルディーンは、自分が握《にぎ》っている物体に視線《しせん》を向けた。——長さ18メートル強のカニフォーク。

『い、いつの間に、こんな物が……っ？』

驚《おどろ》くガルディーンに向かって、シャラが言った。

「あんたが自分でダウンロードしたんじゃないの？」

『だ、だうんろ〜どぉ〜？』

ガルディーンは、例によって、何も覚《おぼ》えていなかった。

いかなる種類の戦場にも適応《てきおう》できるという〈完全兵器〉の能力が、無意識《むいしき》のうちに発動《はつどう》された結果が、この巨大なカニフォークということのようだった。

「すごいんだか間抜《まぬ》けなんだか……」

スリムが、あきれ顔でガルディーンを見上げている。ちょうど同じ頃《ころ》。

エルブランカの街角では、バニラが、雷に打たれたみたいに立ちつくしていた。

バニラの足を止めたもの。——それは、ガルディーンが、虚空《こくう》からカニフォークをダウンロードする時に発生した、一瞬の波動《はどう》だった。

「見つけたで」

と、バニラの唇《くちびる》が小さく動いた。

「〈破壊神《はかいしん》〉の波動や」

つづく

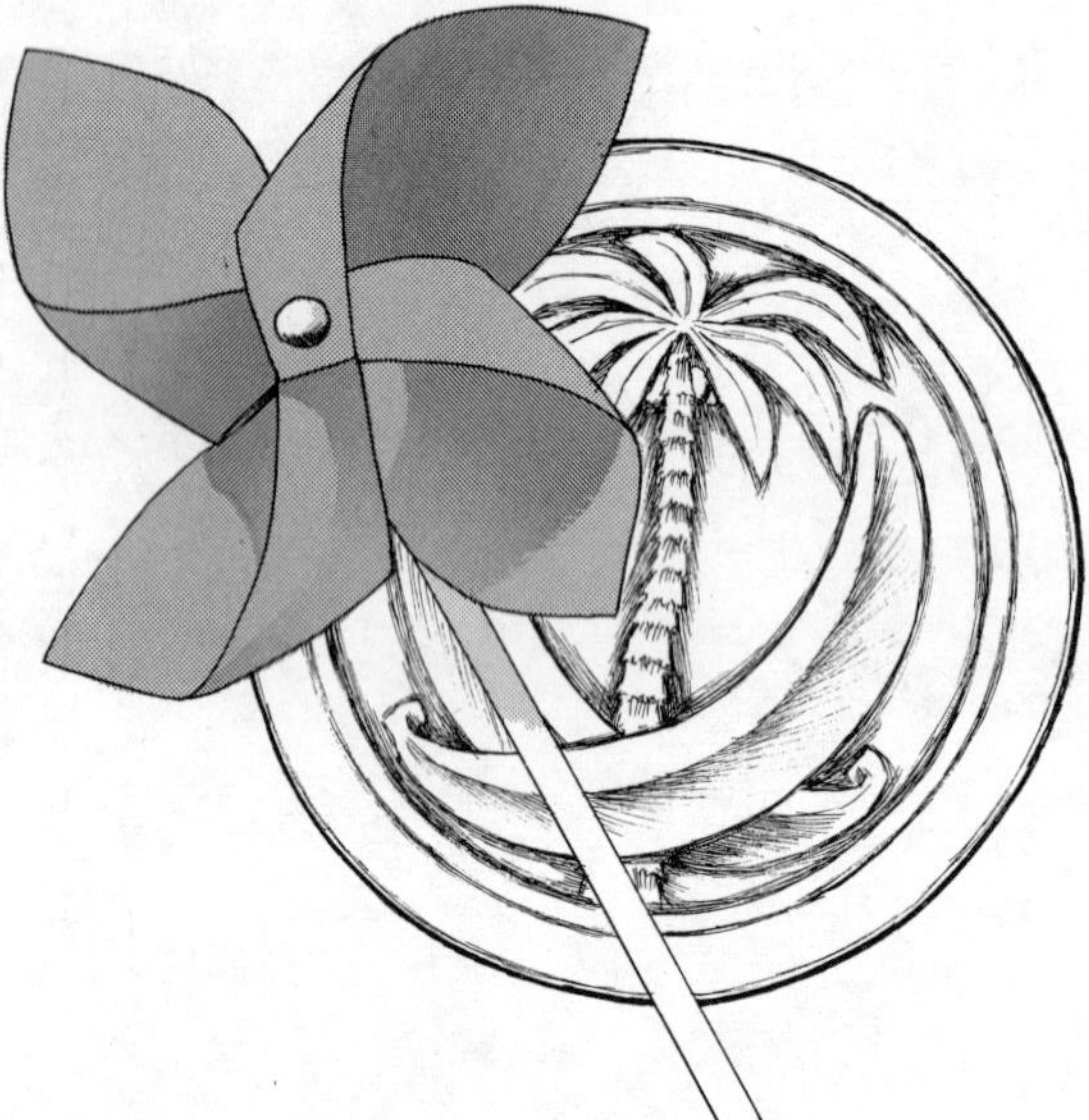

無《む》謀《ぼう》大対談の復活

――〝ガルディーン〟の明日

火浦　功
出渕　裕
ゆうきまさみ
歴代担当編集者（注1）

先に飲《や》ってます。

火浦　誰《だれ》もいない…。

初代担当編集者（以下初代）　じゃあ、早く来た人が奥と。

現担当（兼司会、以下——）　という感じで。というか、ゆうきさんと出渕《いずぶち》さん、一緒《いっしょ》に来ると思うんですよ、一緒に打ち合わせしてるので、今日。

先代担当編集者（以下先代）　昨日出渕さんと電話してたら、イラストの仕事で2日徹夜《てつや》だから、途中でダウンしたらゴメンネと、言ってましたよ。

火浦　いいじゃん、ちょうど。ブッちゃんが元気だと、徹夜で座談会になりかねない（笑）。

先代　弱っているぐらいでちょうどいいかも知れないと（笑）。

火浦　それでも、徹夜だとよけいハイテンションだったりして（笑）。

先代　ところで、今日の座談会にそなえて僕も原稿を読み返してみたのですが、やっぱりこの巻では「王様とタワシ」に出てきた風車《かざぐるま》一族と八兵衛《はちべえ》一族には笑わせていただきました（笑）。

初代　さっきもその話してたんだけど、今後どのぐらい彼らは出てくるんだろうって。

火浦　風車一族は出てくる。
——私はシメサバに笑わせていただきました。
火浦　シメサバね。
先代　ガルディーンが出したものは全部シメサバ味？
火浦　全部シメサバ。嫌《いや》なバナナでしょう（笑）。
先代　シメサババナナ。
火浦　シメサバだと思って食えばうまい（笑）。
先代　うーん……。
初代　バナナだと思って食うと、うーん、すっぱいバナナが。
火浦　でも、食感はバナナ。
先代　うわー、イヤ（笑）。
初代　まったりとしたシメサバ。
先代　ところでハムスターはお元気ですか？
——3代目のことですね（注2）。
先代　3代目のお名前は？
火浦　タマオっていう。

先代　タマオ？　それはどこから、由来《ゆらい》は？
火浦　これはね、オスを飼《か》う予定だったんですよ。で、オスのハムスターって、キ○タマがすごく目立つんだよ。
先代　そうなんですか。
火浦　体の割《わり》にすごいでかいの。立派《りっぱ》なものをお持ちでというんで、タマオという名前を決めてたんですね。カミさんが買いに行って、よく見たらメスだったっていう（笑）。まぁ、タマオって、メスの名前でも別に問題ないから。
先代　そうか。
初代　そう考えると中村玉緒《なかむらたまお》ってすごい名前ですね。字、間違えたら大変なことになる（笑）。
火浦　そういう感覚でいくとね、なるほどな。
――　玉男だよ（笑）。
先代　以前、火浦さんのお宅《たく》に原稿《げんこう》を待って泊まっていた時、当時飼っていたハムスターが寝てるとふところに入ってくるんですよ。で、いつも入ってきたなとかって思うんだけど、熟睡《じゅくすい》しちゃう、１時間ぐらい。そうすると、ハムスターを潰《つぶ》した夢を見て、大丈夫《だいじょうぶ》か？って、飛び起きたりして（笑）。
――　ハムスターがハムになってたって（笑）。
火浦　放《はな》し飼《が》いにしてたからね、以前は。

先代　今は違うんですか？

火浦　あのね、やっぱり放し飼いにすると、部屋の奥のほうで、こぎちゃなーいところで寝泊《ねと》まりしちゃうんだよ。だから衛生上《えいせい》よくないからね。今はちゃんとケージの中に入れて。散歩は1日30分、そのときだけ出してやることにした。今のタマオはすごいアクティブだから、こうやってケージにぶら下がって運動してるんですよ。

先代　なかなか来ませんね。前回か前々回も確か、出渕さんが時間間違えたとかで遅《おく》れてきて。

——（30分経過）

初代　でも、今回はここにくる前にふたりで何か同じ仕事の打ち合わせに行ってるんですよね。

先代　そう、ふたりで会ってるから、一蓮托生《いちれんたくしょう》で遅れてしまうっていう。

——しかし、火浦さん、ペース早いですよね。（開始30分ですでに日本酒4合目突破《とっぱ》）

火浦　早いですね。

初代　来ないのがいけないんだもんね。

——対談が始まったころには寝てるというのが一番コワイな。

出渕　（45分経過）

どうも、お疲《つか》れ様です。

（ゆうきさんと出渕さんが登場）

遅くなりました、どうも。

火浦　もう、すっかり出来上がってます（笑）。

――じゃあ、出渕さん、あちらに。

ゆうき　打ち合わせの相手に車で送ってもらったら、すっげー渋滞《じゅうたい》で。

出渕　お久しぶりです。

火浦　お久しぶりです。こちらはすでにフルスロットルで走ってたけどね（笑）。

駆《か》けつけ三杯《さんばい》追いつかず

――今日はお忙《いそが》しいところありがとうございました。

ゆうき　明日に漫画《まんが》のネームを編集者に見せるんでね（笑）。

火浦　もう、次の連載《れんさい》のネーム？

ゆうき　いや、読み切り。

――ところで、お忙しいと思いますが「ガルディーン」のキャラ設定もよろしくお願いします。

ゆうき　ああ〜（と、頭を抱える）。

――はい、美人姉妹だけでいいんですけれども、1月1日にはこの文庫《ぶんこ》を……発売したいと思ってますので。

ゆうき　美人姉妹とか難しいんだよな、でも。

――実はこの文庫を12月1日に発売して、「21世紀に間に合いました」っていう帯を作るのが担当編集者の野望《やぼう》だったんです。でも連載がのびたために20世紀中に出版できなかったんですよ（注3）。

ゆうき　今度は3巻目、4巻目？

――いや、ようやく本編3巻目に入りました。

出渕　今度できた姉妹って、歳《とし》いくつぐらいなの？

火浦　えー、上の子が16歳か15歳ぐらい。

出渕　若いんだ。

火浦　下の子が9歳ぐらい。

ゆうき　9歳ぐらい（笑）。

出渕　9歳、小学生？

ゆうき　9歳の美人。

火浦　いや、別に美人とは書いてないけど（笑）。

――「上の子がナイスバディで、下の子も羨《うらや》ましがってる」という設定だから勝手に「美人姉妹」だと思い込んでいました。

ゆうき　下の子は男の子っぽくていいですよね。

火浦　あー、うん。

ゆうき　ショートカット？

火浦　まぁ、そうでしょうね、下の子は。

ゆうき　上の子は？

火浦　上の子は、肌褐色《はだかっしょく》、スクリーントーン貼《は》ってという感じで（笑）。

ゆうき　肌、褐色かぁ……

火浦　唇《くちびる》が白い（笑）。

ゆうき　でも、逆に描《か》きやすくなったよね。普通の美人姉妹と言われるよりも。

――16歳と9歳のほうがいいですよね。

出渕　9歳。

――でも、誰《だれ》も9歳とは……

出渕　思わなかった。

ゆうき　あと今回は、風車の甚八《じんぱち》が「王様とタワシ」で出てくるじゃない。

――参考に漫画家のSUEZENさんの「風まかせ月影蘭《つきかげらん》」（注4）のような流し目、とゆうきさんが指定されたキャラですね。

出渕　あれは難しいよ。でも俺《おれ》は、「戦国無責任時代」の松本零士《まつもとれいじ》ネタ（注5）は似《に》せたつもりだよ（笑）。俺、あの松本零士ネタイラストで一番見て欲しいのは、周りのオペレーターの仕草《しぐさ》。あとのイラストは、ゆうきさんの設定に準じてやりましたけど。

ゆうき　いやいや、別にいいですよ。

火浦　もう、好きなようにやってね（笑）。

——　弥七《やしち》は火浦さんから設定の指定があったんですよね。

初代　弥七といえば、僕、昔考えて、なぜ風車の弥七は、必ず別行動をとっているのかっていうのを、論理付けて……

——　論理的にやったことがあるんですか？

初代　で、考えたことって、「水戸黄門《みとこうもん》」って、基本的にボケ老人じゃないですか。

一同　ボケ老人（笑）。

初代　権力《けんりょく》を持ったボケ老人で、週に1回は事件に遭遇《そうぐう》しないと気が済《す》まない人なんで。弥七が先行して、「水戸のご老公《ろうこう》が来るんで、事件を用意しておいてください」っていう。

火浦　ついに石坂浩二《いしざかこうじ》もボケ老人の仲間入りですか（注6）（笑）。

初代　10年前に結婚した助《すけ》さんの設定を忘れちゃうんですよ。「そろそろ助さんにも嫁《よめ》を用意してあげなきゃいけませぬ」とか言っちゃうんですからね。

ゆうき　そういえば5月に京都に行ったときに映画村行ったんですよ。そしたら、「水戸黄門」の撮影《さつえい》やってまして。待ち時間に、うっかり八兵衛が偉《えら》そうに座《すわ》ってるんですよ（笑）、「そんなのは俺《おれ》の八兵衛じゃない」みたいな。

出渕　違うよって（笑）。

ゆうき　でも、あのシリーズで、一番のベテランはうっかり八兵衛ですからね。

火浦　そう。

出渕　変わってないもんね。

――石坂浩二になって、スタッフ一新するという話があるんですけど。

ゆうき　いいなぁ、それ。

火浦　石坂浩二で初めてくずれたみたいなんですけど、それまでニセ水戸黄門をやっていた人が……

出渕　ていうか、あれだ、水戸黄門っていうのは、代々悪役を、ずっとやってきた人がなる。

火浦　月形龍之介《つきがたりゅうのすけ》（注7）のころから（笑）。

初代　全部そうですよね。

火浦　西村晃《にしむらこう》（注8）も、ニセ水戸黄門ですからね。

初代　東野英治郎《とうのえいじろう》（注9）も悪役出身ですからね。

火浦　佐野浅夫《さのあさお》（注10）は、悪役とはちょっと言い切れないところがあるけどね。

ゆうき　石坂浩二も、ちゃんとその前に、吉良上野介《きらこうずけのすけ》をやって（注11）。

火浦　ピザ取った（笑）。

出渕　まずは悪役をやらなきゃいかんっていう。

火浦　石坂浩二はけっこういいと思うな、俺は。まだ見てないけど。

（その後ちょん髷話《まげばなし》が30分続く）

出渕　前回、ちょうど「パトレイバー」（注12）の連載《れんさい》が終わったぐらいにこの座談会《ざだんかい》があって、そのときにみんなでゆうきさんの次の連載のネタを考えようって。

火浦　みんなでエッチにしようっていう話がまとまったって（笑）。

一同　そう（笑）。

出渕　そしたら「じゃじゃ馬グルーミンUP！」（注13）（笑）。馬が出てくるから、これはエッチだと思って（笑）。

火浦　それは違うって（笑）。

ゆうき　あー、ありましたね。今度はエッチですよ、今のところ考えてたのは。

出渕　いや、それをまた裏切《うらぎ》るっていうのが（笑）。

ゆうき　いや、今度はエッチなはずなんだけどなぁ。次はね、夏になったら、正しく海へ行くような話をやりたい。「パトレイバー」「じゃじゃ馬」と、夏になっても海とか行けない。仕事をやってると、なかなか海とか行く話が作れない。みんなで休んで海行くわけにいかないんで。「あ～る」だと、できたけどね。

――　なるほど、学生じゃないとダメですね。

出渕　主人公は女子高生？

ゆうき　中学生ぐらい、今度は。もしかすると小学生かも知れない。
出渕　僕が楽しみにしてて待っているのは「バーディ」（注14）。
ゆうき　「バーディ」は、もうね、なにかのついでにやらなきゃダメ。「あ、ネタ切れで古い作品を出してきたんだな」と思われちゃったらいやだから。
出渕　でも、あの50ページのね、面白《おもしろ》いよね。
ゆうき　あれ見たの、ブッちゃんだけ。この中では。
出渕　俺《おれ》だけなの。「バーディ」のアニメが進行していたときに、それのリアクションみたいな感じで、ドーンと50ページぐらいネーム切ってたんだよ、この人は。
ゆうき　あれが500ページぐらいになったら、ドッと放出します。
——　描《か》きおろし？
ゆうき　いや、描きおろしじゃなくて、月刊連載とかっていう。週刊連載をやりながら月刊連載とかね。
出渕　ネームが貯《た》まってればね。
ゆうき　そう、ネームさえあれば。
先代　お宝《たから》情報だよ、これって（笑）。
出渕　今度の連載って、アニメになりそうなネタなの？
火浦　狙《ねら》ってみよう（笑）。

ゆうき　狙《ねら》ってみようか（笑）。

出渕　「バーディ」より先に、そっちがアニメ化になりそうな気がしてきた（笑）。

――　「じゃじゃ馬グルーミンUP！」だったら、実写化もいいですね。

ゆうき　ただ、実写にすると「じゃじゃ馬」の場合なんかレースのシーンとか無理でしょ。既《き》成《せい》のレースシーンって権利の問題で使えないでしょう。

――　なるほど。

ゆうき　馬とか違うわけだから、本物ですから。

出渕　実際、レースごとに違う馬が出てくるんですから。

先代　筋《すじ》どおり走らせることが難しいかと。

ゆうき　まぁ、でも、「じゃじゃ馬」は連載が終わってしまったから。

出渕　いや、終わっても、実写ってやったりするから。

先代　「動物のお医者さん」（注15）も今度ドラマ化するそうですし。

火浦　え、ドラマ化するの？

出渕　そう。

火浦　漫画《まんが》原作《げんさく》で、なんか成功したのってあったっけ？

――　「東京ラブストーリー」（注16）。

ゆうき　あれは成功したもんね。

初代　女優、なんでしたっけ？

先代　鈴木保奈美《すずきほなみ》さん。

――　彼女をかわいく見せるために作ったドラマだって。ひたすら、かわいくみせようというのが命題だったんで。

先代　相手役の織田裕二《おだゆうじ》は、自分が主人公じゃないということに、薄々《うすうす》気がついてきて（笑）。

――　火浦さんは漫画原作のドラマって見てますか？

火浦　ドラマというか、民放見てないから、ほとんど。

出渕　衛星？

火浦　衛星とWOWOWぐらいですか、見てるのって。あとNHKの教育とか。

――　なにが面白《おもしろ》いですか？

火浦　「おじゃる丸」（注17）ですよ。

ゆうき　あ、「おじゃる丸」か。

出渕　「おじゃる丸」は、やっぱりいいっすよ。心が和《なご》む、オチがない（笑）。

ゆうき　オチがない、ですか（笑）。

出渕　あと「ハッチポッチステーション」（注18）とか。

火浦　あー、あれはいいね。

出渕　「ハッチポッチ」とか見てる？

火浦　見てる、見てる。
――　どんな番組なんですか。
火浦　グッチ裕三《ゆうぞう》とパペット人形がでてくるんだけど、グッチ裕三のネタがシュールすぎて。子供には絶対《ぜったい》わかんないと思う。
一同　絶対わかんない（笑）。
出渕　あと、あれに出てくるダイヤさんという人形の声を演じてる人、名前が出てないけど「大歌劇。」（注19）で歌を歌ってくれた兵藤《ひょうどう》まこさん（注20）が演じてるんだよね。知ってました？
火浦　知らんかったよ。
出渕　あ、そうスか。
――　そろそろ『ガルディーン』の話をしませんか（笑）。
出渕　『ガルディーン』って、アニメ化の話って来ないの？
火浦　何度か……
――　何度かは話が……
火浦　本編が止まってましたから。
ゆうき　『ガルディーン』って、そもそも何巻構想《なんかんこうそう》なんでしょうか？　あと何巻ぐらいで解放《かいほう》

されるんでしょうか？（笑）

一同　解放（笑）。

出渕　いやいや、火浦さんが書かなきゃいけないけど、けっこう途中《とちゅう》で止まっているものが、他にも2つ3つほどあるよね。

火浦　ありましたか。

出渕　この連載が始まる時、打ち入りでカニを食べたんだけど、火浦さんに次の号ではカニが出るからカニフォークをスケッチしてくれって言われたんだけど、実際にカニが出たのは半年後（笑）。おまけにカニフォークは出てこないし（注21）。

ゆうき　そうかと思ったら、その次は風車《かざぐるま》だし。

――実は「王様とタワシ」の扉絵《とびらえ》の資料で、風車の写真がほしいと出渕さんに言われたんですよ。でも風車の写真ってなかなかないので、仕方なく編集者が浅草に現物を買いに走ったんです。

出渕　全然つながりのないアイテムを、「すいません、資料でなんかありませんか？」っていう（笑）。

――次回の敵《てき》はカメ、カニが出たんだから、イカかな？（注22）

火浦　タコじゃないの？

ゆうき　イカでしょう。
出渕　――「決戦！　南海の大怪獣《だいかいじゆう》」（注23）。
火浦　そんなもん、イカなんか出てた？
先代　エビじゃありませんでした？
出渕　それは「南海の大決闘《けっとう》」（注24）で、ゴジラとモスラとエビラが出てくるやつ。こっちはゲゾラ、ガニメ、カメーバ……。マイナー怪獣オンリーな映画なの。
初代　火に焼《や》かれちゃうんだよね。
出渕　これが本当のゲソ焼きっていう（笑）。まァ、イカが駄目《だめ》ならカキってのはどう？
ゆうき　巨大カキってのは（笑）。
――カキ（笑）、やっぱり火浦さん、広島県出身ですしね。
出渕　食いたいものを出すという、そうすると取材《しゆざい》の名目《めいもく》で自動的に食えるという（笑）。
火浦　カキはいいかも知れないですね、一応《いちおう》。
――田舎《いなか》から送ってきたりするんじゃないんですか。
火浦　カキは送ってこないよ（笑）。
出渕　だってナマモノだもんね。
火浦　だけど、やっぱり21世紀は、虫を食う世紀だって（笑）。

ゆうき　なるほど（笑）。

出渕　虫を食うしかない。

ゆうき　たんぱく質は虫しかない。

出渕　昔、「ジャングル大帝《たいてい》」（注25）に、そういう虫を食べる話あったよね。

火浦　そう？

出渕　レオがライオンじゃない。だから、どうしても肉食動物の血が騒《さわ》いで、自分でも気がつかないうちに、草食動物を、つまり、王国の仲間を襲《おそ》ったりしちゃうわけですよ。それじゃいけないとハッと気がついたときに、イナゴの群《む》れが大発生して　動植物がバタバタ死んでいったりするんですよ。それでイナゴを洞窟《どうくつ》かなんかにおびき寄せて、閉《と》じ込《こ》めちゃう。それをたんぱく質として、嫌《いや》がるヒョウとか他のライオンとかなんかに、食えっていう話。でも、そのあとに、さすがっていうか、手塚治虫《てづかおさむ》らしいなと思うのは、「でも、イナゴも生きてるんだよな」ってレオがしみじみ言うの（笑）。

初代　そこに持っていくと。

火浦　あの漫画は、食物連鎖《しょくもつれんさ》を無視《むし》しちゃった世界ですからね（笑）。

ゆうき　ライオンは絶対、虫は食わないと思うけどね。

――　たんぱく質って考え方が人間的ですよね（笑）。

初代　では今度食べるのは、カニじゃなくてそっちのほうを。

出渕 ハチの巣《す》（笑）。

火浦 絶対イヤ（笑）。

―― 火浦さんに食べていただくというのは…。

火浦 絶対イヤ。

ゆうき 取材ですっていってね。ハチの子とか。

火浦 ハチの子だろうが、ザザムシだろうが、絶対イヤ。虫は食いたくない。

―― でも、『ガルディーン』みたいな世界だったら、虫食って生きてても全然不思議《ふしぎ》じゃないですよね。

火浦 いや、話の中では、主人公が食うのは別に問題はないけど、俺《おれ》が食うのはイヤ（笑）。

ゆうき 取材だと思って。

出渕 じゃあ浅草に虫を出す店がありますから行きましょう（注26）（笑）。

火浦 思い出しただけで嫌《いや》だっていう。

出渕 アカムカデとかなんか、精力剤《せいりょくざい》とかって。

―― 焼いて食べるんですよね。

火浦 ムカデが何でイヤかっていうのは、一番最初に東京に出てきたときの下宿先が、山の中だったんですよ。屋根の上まで木の枝が繁《しげ》っているような山深いところで、春になると、ムカデが大発生する（笑）。オーブントースターで、パンを焼こうと思って、予熱するじゃない。タイマーを回してオーブントースターを温《あたた》めていると、なんか異様《いよう》なニオイがするんですよ、ほんとに。で、なにが焼けてるんだろうと思って開《あ》けてみたら、ムカデがコンガリ焼けてて（笑）。

ゆうき　ヤダなー。

火浦　そういうところに住んでたからね、とにかくムカデはイヤ、虫もイヤ。

出渕　そういうところに住んでたからイヤなわけじゃなくて、もともと嫌《きら》いなんだよね。

火浦　もともと嫌いなんだけどね。

——で、「ガルディーン」の話ですけど…（笑）

出渕　実写でやるなら、コロナは誰《だれ》がいいの？

ゆうき　コロナは誰がいいか。

火浦　コロナ…今どきの役者知らないからなぁ。

初代　前田愛（注27）はどうですか？

ゆうき　前田愛よりは、「なっちゃん」（注28）のほうがいいと思うな。

初代　「なっちゃん」。田中麗奈《れな》。そうですね、それは合ってるかも知れない。

出渕　あのコマーシャル、あれは絶対「リボンの騎士《きし》」（注29）を意識《いしき》してると思うな。

ゆうき　ヤラナイト。

——田中麗奈、コロナはいい感じですね、実写的には。

ゆうき いや、まだ、探《さが》せばいいのがいるかも知れない。前田愛のイメージよりは近いんじゃないかって。

出渕 シャラなんかは、誰のイメージ……

ゆうき 誰なんだろうね。

出渕 30年前のピーター（注30）とか？ 違うか（笑）。

ゆうき なんか違うような気がする。

火浦 シャラ……

出渕 難しいですねえ、実写でやるのは無理《むり》だな、やっぱりな。逆に全員、外国人のおネェちゃんにしちゃったほうが（笑）。

ゆうき でも、全員外国人にするんだったら、逆にあれだよね、スリムあたりを、怪《あや》しい東洋人にしちゃえばいいんだ。

新郎新婦募集中！

——話はかわりますが、火浦さんは昨年、初代担当のOさんの仲人《なこうど》をやったんですよね。

火浦 もう一回やりたい。今ならもれなく……

出渕 もれなく火浦功のなにがついてくるって（笑）。

火浦　ハトがついてきますから。
初代　ハトが出ます。火浦さん、それまで練習しなきゃダメですよ。あ、あと殿様《とのさま》のカツラとかかぶって行くといいんじゃないですか。
火浦　練習するよ。カツラもかぶるし。
出渕　嫌《いや》だよな、仲人のほうが目立つって（笑）。
ゆうき　それか！　学習して、また今度やろうとしてるの？
火浦　そう。
ゆうき　……（絶句・笑）
初代　ちゃんと、火浦さんのリクエストを受けて、結婚式当日にぼくは紋付《もんつ》きはかまを用意して、紋《もん》はミツバアオイにして準備しました。
火浦　ちなみに、今使ってるジッポ（ライター）にも付いてますよ。三つ葉葵《あおい》（笑）。福島のIさん、いつもありがとう（笑）。
出渕　仲人って、パフォーマンスなんてしなくていいっていうか、パフォーマンスしないポジションなんですよ、知ってます？
火浦　仲人って本当はどういうことをやるか、全然知らなかったんですよ（笑）。そう、一番最初にスピーチをするっていうのを知らなくて、いきなり振《ふ》られたのでアタフタして、動きが取れなかったっていうのが……残念です。

——それが仲人のメインなんです！（笑）

火浦　それが反省《はんせい》のネタになっているという。

ゆうき　痛恨《つうこん》ですね、それは。

——仲人の火浦さんのあとに続いたお客さんたちのスピーチの方が面白《おもしろ》かった、っていうんでくやしさ倍増《ばいぞう》。どこかでリベンジをやりたいというのが火浦さんの希望なんですよ。

出渕　それ、他の人でそのくやしさを倍返ししたいってことでしょう、要するに。

——そうです。だからぜひ独身《どくしん》の出渕さん、ゆうきさん、どうぞ火浦さんのためにご結婚を（笑）。

ゆうき　でも火浦さん、悪意《あくい》ないからな。まぁ、ああいう人なんですよっていうので終わるからな。火浦さんに頼《たの》むのもいいかも知れない。

——ご予定はあるんですか？

ゆうき　いや、私のじゃなくて（笑）。

火浦　ああ、ところで次巻タイトル、『大怒濤《だいどとう》。』にしたから。

出渕　『大怒濤。』か。

火浦　「ガルディーン」のCDでもやってたじゃない。あのドラマのタイトルも『大怒濤。』。

出渕　あの原子力潜水艦《げんしりょくせんすいかん》とクジラを間違えてる船長の話、書くの？

火浦　あの話じゃないんだけど、同じ港町《みなとまち》へ行くから、あの話を踏《ふ》まえて。
出渕　踏まえて。
火浦　そう、エイハブ。
初代　やっと出るんですか（涙《なみだ》）。
ゆうき　確か最初に見せられた設定集の中に、エイハブ船長の話がありましたよね。
出渕　俺ね、でもね、実はあの「ガルディーン」ドラマＣＤの……
初代　「大歌劇《だいかげき》。」
出渕　「大歌劇。」ので思い出すのは、ディレクターの河田くん（注31）がエイハブ役を、納《な》谷悟朗《やごろう》（注32）さんがやってくれることで、すごく喜んでるわけですよ。それはすごくわかるし、俺もそうなんだけれども。なかなかＮＧ出しにくいらしくてすぐＯＫ出しちゃうんだよ。だけど、俺にいわせればここのイントネーションは違うぞ、お前って。沖田ならこういうイントネーションじゃないって。演出が甘いって。
――違うって、そこまでこだわりますか……
出渕　もっと粘《ねば》ってくれ。これはヤ○トなんだって（笑）。
ゆうき　「大歌劇。」、あれは、今聞いても面白《おもしろ》いぞ。
出渕　だから神谷明《かみやあきら》さんが、ベリアル。あそこのところも、もっと裏返《うらがえ》った声でやってくれって（笑）。これは加藤なんだから、戦闘中はハイテンションで、って。

ゆうき　あの中の、ふたり亡くなってますからね。

――　あと井上大輔《いのうえだいすけ》さんが。

出渕　大輔さん、まさか自分で亡《な》くなるとは思わなかったけどね。

火浦　モリトンカツの人ですからね、森と泉にの。モリトンカツ、イズミニンニク……

出渕　井上大輔といえば「レッドバロン」(注33)や「マッハバロン」(注34)とか、ぼくらの世代的にはその辺かな。ガンダム世代なら「哀戦士」とかね。

先代　「レッドバロン」も「マッハバロン」も、DVDのボックス出てますよ。

火浦　「レッドバロン」の歌って、どんな歌でしたっけ?

出渕　♪ぼくらの地球はうつくしい……♪

火浦　あー、わかった(笑)。

出渕　「マッハバロン」はね、♪悪の天才が♪

火浦　そうそう。

出渕　♪君はどうする♪でしょう。

ゆうき　俺《おれ》も「レッドバロン」のDVDボックス買おうか、どうしようかなと思ってるんだよね。牧れい(注35)見たさに買うかって(笑)。

出渕　いいよね。やっぱりね、牧れい。子供の頃から好みでした……。戦うヒロインはああじゃなくちゃ。ちなみにDVDボックスにイラストを描いたんで、僕はメーカーの人からもらっちゃいました。それはともかく、牧れいはいい！

先に飲《や》りすぎました。

ゆうき　だから、それこそ……

——あ、火浦さん、寝《ね》てます。

（火のついた煙草《たばこ》を指にはさみつつ　火浦さん沈没《ちんぼつ》）

出渕　シマッタ、今日は徹夜《てつや》つづきの俺が、先に寝るはずだったのに。

——煙草、コワイですね。

出渕　コワイな（笑）。

（出渕さんが、そっと煙草を取り上げる）

出渕　煙草を取っても気づかない。

——吸《す》いながら寝ちゃうっていうのはスゴイですよね。

ゆうき　いや、でも、本当にキツイときってありますよ。漫画《まんが》のネームやってるときに、左手に持った煙草がノートにくっついてて、アッて。

出渕　僕も昔、意識は起きてるんだけど体が寝てて……

初代　それ金縛《かなしば》りですよ、金縛り（笑）。

出渕　煙草を持っていると灰《はい》がポロッと落ちて、「あれっ、煙草が落ちたなぁ」って、そこでハッと意識が戻《もど》る。

――いやー、まだ今月はそんなに火浦さんを追いつめていないんですけどねぇ、おかしいなぁ……。

出渕　他人の話聞いてる？

（30分後、火浦さん復活。その後カラオケで植木等の快進撃）

火浦　♪銭の無いヤツァ俺んとこ来い!!　俺も無いけど心配するな！♪

（妙な説得力で、一同、涙）

出渕　（P.S）俺は心配するよ……。

（注1）本作品は初代、先代、現担当、そして別枠で未来人という四人の担当編集者が涙ぐましい努力を重ねて現在に至っている（ホントか？）。

（注2）初代ハムスターは「ふるかわ」、2代目は「松井」という。なお、この2匹は現在、火浦家の冷蔵庫の冷凍室で安らかに眠る。初めて火浦家を訪れた者は、まずこの2匹の遺骸《いがい》と対面させられて、ギョッとすることになっている。

（注3）「ザ・スニーカー」1993年春号に「ガルディーンは世紀末までに完結します」という火浦氏のコメントがあった。

（注4）2000年「月刊少年エースネクスト」（角川書店）で連載《れんさい》。

（注5）P33参照。

（注6）2001年春から水戸黄門第29部スタート。黄門役に石坂浩二《いしざかこうじ》が決定した。この対談時にはまだ未放映。

（注7）戦前、美少年剣士として大ブレイクした男優。後年悪役も多く演じる。195

7年、映画生活38周年記念作品として水戸黄門を演じている。悪役から水戸黄門への転身コースはこの方が作った。1970年没。

(注8) 水戸黄門、第14部(1983年10月)から第21部(1992年11月)までの黄門様。

(注9) TV版の初代水戸黄門。第1部(1969年8月)から第13部(1983年4月)までの黄門様。「ふぉふぉふぉ」という独特の笑い方はこの方が元祖。

(注10) 第22部(1993年5月)から第28部(2000年10月)までの黄門様。かなり年の離れた若い奥様と再婚して話題になった。

(注11) NHK大河ドラマ「元禄繚乱《げんろくりょうらん》」で吉良《きら》役を熱演。

(注12) 1988年から1994年まで「週刊少年サンデー」にて連載。1991年小学館漫画賞受賞。

(注13) 1994年「週刊少年サンデー」にて連載開始。座談会直前の2000年6月

に完結。ダービー馬育成物語。

（注14）「増刊少年サンデー」にて連載。宇宙犯罪者レビを追って地球にきた捜査官《そうさかん》バーディの活躍と憑依《ひょうい》されたつとむの苦悩（笑）を描いた作品。連載終了により完結という形にはなっているが…。

（注15）佐々木倫子《ささきのりこ》著。花とゆめコミック。H大学獣医学部に巻き起こる心あたたまる物語。この作品のブレイク中、町中のペットがシベリアン・ハスキーだらけになった。この座談会前に日本テレビ系で堂本剛《どうもとつよし》主演でドラマ化と発表があった。

（注16）柴門《さいもん》ふみ著。小学館ビッグコミックスピリッツ。1991年織田裕二《おだゆうじ》、鈴木保奈美《すずきほなみ》主演のTVドラマ化で大ブレイクした。この頃はどこに行っても、小田和正《おだかずまさ》の歌った主題歌「ラブストーリーは突然に」が流れていた。

（注17）NHK教育にて1998年から放映開始。ヘイアンチョウという妖精《ようせい》界から現代にやってきた「おじゃる丸」という5歳の男の子の物語。北島三郎《きたじまさぶろう》の主題歌とおじゃる丸役の小西寛子《こにしひろこ》の「まったり」とした声が大好評。

（注18）ＮＨＫ教育の10分番組。子供番組の時間帯に放映されてはいるが、'60年代〜'70年代の音楽と、シュールすぎて時々大人にも理解不可能な濃《こ》いネタがぎっしりの番組。林家三平《はやしやさんぺい》のモノマネは子供には、まずわからない。

（注19）１９８８年にワーナー・パイオニアから発売されたガルディーンのＣＤ。そのなかに、「大怒濤《だいどとう》。」という20分のハチャメチャドラマがある。

（注20）「天使のたまご」や「スーパードールリカちゃん」声優。押井守監督の実写映画「赤い眼鏡」では女優としても印象深い。

（注21）カニフォークは「ザ・スニーカー」連載時には登場しなかった。

（注22）ガペケラのこと。詳しくはガルディーン外伝①「大出世。」参照。

（注23）正式タイトルは「ゲゾラ、ガニメ、カメーバ　決戦！南海の大怪獣《だいかいじゅう》」。１９７０年８月公開。東宝。ゲゾラ、ガニメ、カメーバという名前そのまんまの怪獣が登場する。

（注24）正式タイトルは「ゴジラ、エビラ、モスラ　南海の大決闘」。１９６６年公開。東宝。

（注25）１９５０年漫画少年にて掲載。その後、大幅な加筆、修正された手塚治虫の代表作のひとつ。ちなみに西武ライオンズのマークはレオではなく、父のパンジャなのは有名な話。

（注26）ムシだけではなくハ虫類や動物のキ○○マも食べさせてくれる。らしい。

（注27）１９９３年にマクドナルドのＣＭでデビューした美少女女優。この対談時では17歳。主な出演作「トイレの花子さん」「ガメラ３」など。

（注28）１９９８年３月から放映されたサントリーの「なっちゃん」という銘柄《めいがら》のジュースのＣＭ。このＣＭで田中麗奈《れな》の知名度が一気に上がった。

（注29）１９５４年講談社刊。女の子に生まれたサファイア姫が、天使のいたずらで男の子として育てられてしまう。実は女の子という秘密を隠《かく》したまま、王位を狙《ねら》う悪者達と戦う。手塚治虫の代表作のひとつ。

（注30）俳優として活躍するときは「池畑慎之介《いけはたしんのすけ》」、歌手のときは「ピーター」。父は人間国宝の故・吉村雄輝夫《ゆきお》。黒澤明《くろさわあきら》監督「乱」にも出演。国際的デビューを果たした。おかまさん男優の先駆《さきが》け。

（注31）作家、とまとあき氏のこと

（注32）『たったひとつの命をすてて、生まれ変わった不死身のからだ。鉄の悪魔をたたいてくだく…』のナレーションの方。

（注33）１９７３年放映。特撮《とくさつ》ロボット番組。某《ぼう》中古バイク屋のレッドバロンではない。

（注34）１９７４年放映。レッドバロンの後番組。

（注35）「レッドバロン」の作品中に登場した正義の組織の紅一点、「松原真里《まつばらまり》」を演じた女優さん。

バカメ!!
といってやれ

〈初出〉

戦国無責任時代「ザ・スニーカー」２０００年４月号
～10月号掲載

王様とタワシ「ザ・スニーカー」２０００年12月号掲載

未《み》来《らい》放《ほう》浪《ろう》ガルディーン③

大《だい》豪《ごう》快《かい》。

火《ひ》浦《うら》 功《こう》

角川文庫 11792

平成十三年一月一日 初版発行
平成十三年三月十五日 再版発行

発行者——角川歴彦
発行所——株式会社角川書店
東京都千代田区富士見二—十三—三
電話 編集部(〇三)三二三八—八六九四
営業部(〇三)三二三八—八五二一
〒一〇二—八一七七
振替〇〇一三〇—九—一九五二〇八

印刷所——暁印刷 製本所——コオトブックライン
装幀者——杉浦康平

S 58-6 ISBN4-04-162711-7 C0193

角川文庫発刊に際して

角川源義

第二次世界大戦の敗北は、軍事力の敗北であった以上に、私たちの若い文化力の敗退であった。私たちの文化が戦争に対して如何に無力であり、単なるあだ花に過ぎなかったかを、私たちは身を以て体験し痛感した。西洋近代文化の摂取にとって、明治以後八十年の歳月は決して短かすぎたとは言えない。にもかかわらず、近代文化の伝統を確立し、自由な批判と柔軟な良識に富む文化層として自らを形成することに私たちは失敗して来た。そしてこれは、各層への文化の普及滲透を任務とする出版人の責任でもあった。

一九四五年以来、私たちは再び振出しに戻り、第一歩から踏み出すことを余儀なくされた。これは大きな不幸ではあるが、反面、これまでの混沌・未熟・歪曲の中にあった我が国の文化に秩序と確たる基礎を齎らすためには絶好の機会でもある。角川書店は、このような祖国の文化的危機にあたり、微力をも顧みず再建の礎石たるべき抱負と決意とをもって出発したが、ここに創立以来の念願を果すべく角川文庫を発刊する。これまで刊行されたあらゆる全集叢書文庫類の長所と短所とを検討し、古今東西の不朽の典籍を、良心的編集のもとに、廉価に、そして書架にふさわしい美本として、多くのひとびとに提供しようとする。しかし私たちは徒らに百科全書的な知識のジレッタントを作ることを目的とせず、あくまで祖国の文化に秩序と再建への道を示し、この文庫を角川書店の栄ある事業として、今後永久に継続発展せしめ、学芸と教養との殿堂として大成せんことを期したい。多くの読書子の愛情ある忠言と支持とによって、この希望と抱負とを完遂せしめられんことを願う。

一九四九年五月三日

〈ファンレターのあて先〉
〒102-8177 東京都千代田区富士見2-13-3
角川書店 アニメ・コミック編集部気付
「火浦 功先生」係